Leben auf Sparflamme

Leben auf Sparflamme

Christine Biernath

Leseexemplar für Buchhandel und Presse
Nicht für den Verkauf bestimmt

Erscheinungsmonat: Januar 2008
Bitte besprechen Sie dieses Buch
nicht vor dem 30.01.2008

gabriel

1

Ich hörte die Fernseher, die in fast jeder Wohnung liefen, bis ins Treppenhaus. Ihre Geräusche verfolgten mich hinauf in den dritten Stock. Dort war es anders. Zumindest hinter unserer Wohnungstür. Hinter der war es still. Viel zu still. Ich schloss auf.

»Emma? – Alex?«

Keine Antwort.

Ich fröstelte.

»Papa?«

Ich guckte in die Küche. – Nichts.

Das Zimmer von Emma und mir. – Leer.

Die Kammer hinter der Tür mit dem Totenkopf sah aus, als hätte dort ein Kampf stattgefunden, aber das war bei Alex Normalzustand.

»Papa?«

Ich fand ihn im Wohnzimmer. Er stand am Fenster und starrte hinaus in den Regen. Mit seinen schwarz-grau gesprenkelten Bartstoppeln

und den ungewaschenen Haaren sah er aus, als
stünde er schon seit Tagen so da. Dass es im Zimmer beinahe so kalt war wie draußen, schien er
nicht zu merken.

Mein Blick fiel auf den dicken braunen Umschlag, der ungeöffnet auf dem Couchtisch lag,
und ich schnappte nach Luft. Ich wusste, was
solche Umschläge bedeuteten. Wir alle wussten
inzwischen, was solche Umschläge bedeuteten.
Schließlich hatten wir eineinhalb Jahre Zeit gehabt, es zu lernen. Wenn der Briefträger einen
großen braunen Umschlag brachte, dann verstummte mein Vater. Er versank regelrecht in
sich selbst und es dauerte oft Tage, bis er wieder
auftauchte.

Nicht dass kleine Umschläge wirklich besser
gewesen wären, selbst wenn sie, was selten genug vorkam, eine Einladung zu einem Vorstellungsgespräch enthielten. Die Euphorie, die einem solchen Gespräch vorausging, war fast noch
schwerer zu ertragen als die Depressionen nach
einer Absage.

»Papa?« Ich trat vorsichtig näher und berührte
seinen Arm. Er zuckte zusammen und blinzelte,
als hätte ich ihn geweckt.

»Jessica? Was machst du denn hier?«

»Es ist fast drei. Wo ist Emma?«

»Emma?«

»Hast du sie denn nicht von der Schule abgeholt?«

»Von der Schule …?«

»Papa! Du holst Emma jeden Tag von der Schule ab!«

Er schüttelte benommen den Kopf. »Ich? Ich dachte, eure Mutter …«

»Mama kommt erst um vier Uhr nach Hause! Das weißt du! – Das weißt du doch!« Ich hörte die aufsteigende Panik in meiner Stimme, doch mein Vater starrte durch mich hindurch.

»Hat Alex Emma abgeholt?« Das war eine blödsinnige Frage. Alex hatte bis eins Schule, Emma bis elf Uhr zwanzig. Trotzdem wollte ich nicht glauben, dass etwas passiert war. Passiert sein musste! Was für einen Grund konnte es sonst dafür geben, dass eine kleine, verschüchterte Erstklässlerin um drei Uhr nachmittags noch nicht zu Hause war?

»Was ist mit Oma? – Oder Opa? Hat einer von ihnen …?«

Meine Gedanken rasten. Emma fürchtete sich vor der großen Kreuzung auf ihrem Heimweg. War sie also, nachdem niemand sie abgeholt hatte, zu meinen Großeltern gegangen? Den Weg kannte sie und er war wesentlich ungefährlicher als der zu uns nach Hause. Aber was sollte ich tun, wenn sie nicht dort war? Würde die Polizei nach knapp vier Stunden schon etwas unternehmen?

Mit zitternden Fingern wählte ich die Nummer meiner Großeltern, doch ehe ich die letzten zwei Tasten gedrückt hatte, fiel mir Omas empfindliches Herz wieder ein und dass sie sich nicht aufregen sollte. Also legte ich das Telefon zurück auf die Station, zog den Reißverschluss meines durchnässten Anoraks bis unters Kinn und rannte aus dem Haus. Draußen war es windig, eiskalt und bereits so dunkel, dass die Straßenlaternen angingen. In den Regen, der fast waagerecht über die Brachfläche vor unserem Block gepeitscht wurde, mischten sich einzelne Schneeflocken. Wo konnte Emma bei so einem Wetter bloß stecken? Ich beschloss, meine Suche an der Schule zu beginnen, zog den Kopf zwischen die Schultern und stapfte los. Der Anorak klebte vor Nässe regelrecht an mir und es dauerte nicht lange, bis ich anfing, mit den Zähnen zu klappern.

Schon von Weitem sah, ich, dass ich mir den Weg hätte sparen können. Das riesige alte Schulhaus lag verlassen in der Dämmerung und der Pausenhof war ebenso verwaist wie der Spielplatz daneben.

Also doch zu Oma und Opa. Der Regen hörte abrupt auf, als ich in ihre Straße einbog.

Wie jedes Mal war es ein kleiner Schock, dass die Welt schon wenige Meter von unserem Block so vollkommen anders aussah. Die Straße, in der meine Großeltern wohnen, ist für den Autoverkehr gesperrt. Bei schönem Wetter wirkt sie mit ihren alten Bäumen, den Pflanztrögen und Bänken wie ein Dorf mitten in der Stadt. Es gibt eine Kirche mit Friedhof, eine kleine Bäckerei und einen Metzgerladen, in dem man angeblich die beste Kalbsleberwurst der Stadt bekommt. Viele Häuser haben elegante Fassaden mit hohen, blank geputzten Fenstern und auf den Balkonen blühen im Sommer Geranien.

Ich wollte eben bei meinen Großeltern klingeln, als ich sie sah. Mit Bobby an der Leine und ihrer viel zu großen Schultasche auf dem Rücken hüpfte Emma durch die Pfützen auf dem Platz vor der Kirche und das Wasser spritze bis weit über den Rand ihrer Gummistiefel.

Ich hätte mich ohrfeigen können. Warum hatte ich nicht daran gedacht, dass Bobby auch bei diesem Wetter raus musste? Gewissenhaft, wie sie war, würde meine kleine Schwester sich durch keinen Regen der Welt davon abhalten lassen, Bobby Gassi zu führen.

Und dann fingen meine Zähne wieder an zu klappern, als mir klar wurde, dass ich offenbar langsam den Verstand verlor. Wir hatten keinen Hund. Schon lange nicht mehr. Trotzdem war das kleine Mädchen mit den dünnen, hellblau bestrumpfhosten Beinen eindeutig meine Schwester.

»Emma!«, rief ich.

Sie fuhr herum.

»Jessie!« Quer über den Platz rannte sie auf mich zu und warf sich in meine Arme. Ich drehte mich einmal mit ihr im Kreis, stolperte fast über die Hundeleine und konnte Emma gerade noch absetzen, bevor wir beide im Dreck landeten.

Der kleine weiße Terrier sprang wieder und wieder an uns hoch und fiepte begeistert.

»Wie schön, dass du uns gefunden hast.« Eine zerbrechlich wirkende alte Dame im Pelzmantel hatte sich vorsichtig ihren Weg zwischen den Pfützen gesucht und nahm nun Emma die Hundeleine ab. »Wir wollten gerade noch einmal unser Glück bei euch versuchen. Heute Mittag hat leider niemand aufgemacht und eure Telefonnummer wusste Emma nicht auswendig.«

»Weißt du«, redete meine kleine Schwester dazwischen, »der Papa ist nämlich nicht gekommen. Ich habe gewartet und gewartet und dann

10

war auf einmal Bobby da. Natürlich weiß ich, dass es nicht Bobby ist. Aber erst einmal dachte ich, es ist Bobby. Und er ist auch gleich an mir hochgesprungen und hat mir die Hände abgeleckt ...!«

»Ja, das war Liebe auf den ersten Blick.« Die alte Dame lächelte. »Lara und ich haben Emma begleitet, weil sie sich alleine nicht über die große Straße getraut hat. Aber dann hat niemand geöffnet und Emma hat mir erzählt, dass ihre Mama erst nachmittags nach Hause kommt. Ich konnte so ein kleines Mädchen doch nicht allein lassen, oder? Deswegen habe ich sie mit zu mir genommen.« Die alte Dame sah fast ein wenig schuldbewusst aus. »Es tut mir sehr leid, wenn ihr euch Sorgen gemacht habt.«

»Aber Sie können ja nichts dafür! Ich bin so froh, dass Sie sich um Emma gekümmert haben!«

»Das habe ich gern getan. Es war richtig nett, ein bisschen Gesellschaft zu haben. Emma kann übrigens gerne wieder einmal mit Lara spielen, wenn sie möchte. – Ich wohne dort drüben.« Die alte Dame zeigte auf ein Sandsteinhaus mit Erkern und Bogenfenstern. »Ach übrigens – ich heiße Wieland. Helene Wieland.« Sie reichte mir eine knochige Hand.

»Also dann – auf Wiedersehen, Emma.« Frau
Wieland streichelte meiner Schwester kurz über
die Wange, dann schlug sie mit ihrem Hund den
Weg zum Friedhof ein. Emma und ich gingen in
die entgegengesetzte Richtung. Auf dem ganzen
Heimweg hüpfte meine kleine Schwester neben
mir her und plapperte ununterbrochen. »Lara ist
ja so süß! Fast so süß wie Bobby. – Und die Frau
Wieland ist total nett! Du kannst dir nicht vorstellen, was für leckere Pfannkuchen die backen
kann. Ganz anders als Mamas und Omas! Ganz
klein und luftig. Und sie streut geriebenen Leb-
kuchen und Zucker darauf und gießt flüssige
Butter darüber. Das ist sooo lecker! Und weißt
du, wie die heißen?« Sie kicherte. »LIWANZEN!
– Wie in dem Lied.« Emma hörte auf zu hüpfen
und trällerte stattdessen: »Auf der Mauer, auf
der Lauer, sitzt 'ne kleine … Wanze!«

Zu Hause dröhnte Alex' Eminem-CD bis ins
Treppenhaus. *Kim* schien sich zum Lieblingslied
meines Bruders zu entwickeln, denn er drückte
die Repeat-Taste, bevor die letzten Töne richtig
verklungen waren. Wie jedes Mal jagten mir die
Schreie dieser Frau in Todesangst eine Gänsehaut über den Rücken, doch Emma zog völlig
unbeeindruckt ihre nasse Jacke aus.

Meine Mutter rief aus der Küche: »Da seid ihr ja endlich! Wascht euch die Hände und beeilt euch ein bisschen. Das Essen ist fertig!«

Ich glaubte, mich verhört zu haben. Emma verschwand stundenlang und die einzige Sorge meiner Mutter war, dass wir uns die Hände wuschen? Ich stürmte in die Küche, und als ich Mama am Herd stehen sah, begriff ich, dass sie keine Ahnung hatte, was passiert war. »Was gibt es denn?«, fragte ich deshalb nur.

»Spaghetti mit Ketchup.«

»Keinen Salat?« Ich hätte mir die Zunge abbeißen können, noch ehe die beiden Worte richtig draußen waren.

»Keinen Salat«, sagte meine Mutter und strich sich müde eine Haarsträhne hinters Ohr. »Heute ist doch schon der fünfundzwanzigste, Jessie.«

2

»Wie kannst du so tun, als ginge dich das alles nichts an, Udo? Was wäre, wenn nicht eine nette alte Dame, sondern irgendein Perverser Emma mitgenommen hätte?« Selbst in unserem Zimmer war jedes Wort meiner Mutter mühelos zu verstehen. Durch die Wand zu Alex' Kammer drangen ebenfalls schrille Frauenschreie. Mir war klar, dass mein Bruder versuchte, den Lärm aus dem Wohnzimmer auf diese Weise zu übertönen, aber ich sehnte mich trotzdem wieder einmal nach der Zeit zurück, als er noch *TKKG* hörte und nicht versuchte, cool zu sein.

Emma schlief als Einzige friedlich, schnarchte leise und ahnte nichts von dem Wirbel, den sie verursacht hatte.

Entnervt schleuderte ich mein Geschichtsbuch zu Boden, machte das Licht aus und schloss die Augen. Unmöglich, bei dieser Geräuschkulisse einzuschlafen. Ich wälzte mich einige Male hin und her, dann machte ich das Licht wieder an und zog mein Tagebuch unter der Matratze hervor. Seit mehr als einem Jahr hatte ich nicht mehr geschrieben. Vielleicht wäre Emmas Verschwinden ein guter Neueinstieg? Neben den früheren Einträgen würde er wirken wie ein Krimi neben Gute-Nacht-Geschichten.

Lisa-Marie hatte mir das Buch mit dem brokatähnlichen Einband und den festen, glatten Seiten zum zwölften Geburtstag geschenkt. Ich war damals total begeistert gewesen und hatte sofort begonnen, täglich *Liebes Tagebuch* über weltbewegende Einträge wie diesen zu malen: *Heute war ein wunderschöner Tag. Lisa-Marie und ich sind im Schwimmbad gewesen und Pascal hat mich angelächelt!!!* Oder: *Liebes Tagebuch, heute gab es Linseneintopf. Dabei weiß Mama, dass ich Linsen HASSE!* Dagegen war der Eintrag aus dem Herbst des vorletzten Jahres der reinste Roman: *Liebes Tagebuch, stell dir bloß vor – heute beim Mountainbiken hätte ich beinahe Pascal überfahren! Wir konnten beide nicht mehr rechtzeitig bremsen und er hat einen Salto über seinen Fahrradlenker gemacht. Zum Glück ist ihm nichts passiert. Pascal meine ich. – Sein Rad hatte einen schlimmen Achter. Ich habe ihn nach Hause begleitet und weißt du was, liebes Tagebuch, er ist genauso nett, wie er aussieht!*

Und er liest auch am liebsten Fantasy-Romane! Ist das nicht Wahnsinn?

Allerdings wurde aus dieser Geschichte keine Romanze, sondern einfach eine gute Freundschaft, und die war nicht wirklich tagebuchtauglich. Nach und nach wurden die Einträge seltener. Es war einfach nicht genug los in meinem Leben. Nur die Vorbereitungen zu Emmas fünftem Geburtstag hatten noch einmal Stoff für einen ausführlicheren Eintrag geboten: *Liebes Tagebuch, heute haben Mama und ich für Emma einen Westie-Welpen ausgesucht. Er heißt Bobby und sieht aus wie ein Spielzeughund. Mama fand zwar, er sei ganz schön teuer für so ein kleines Tier, aber er ist so niedlich, dass wir ihm einfach nicht widerstehen konnten. Außerdem wollen Oma und Opa sich ja an dem Geschenk beteiligen – also ist er eigentlich nur halb so teuer. Emma wird bestimmt verrückt vor Freude. Schließlich redet sie seit Monaten nur noch davon, wie sehr sie sich einen Westie wünscht.*

Bald nach Emmas Geburtstag passierten dann Dinge, mit denen man das ganze Buch hätte füllen können, doch da fehlten mir plötzlich die Worte. Kurz vor den Sommerferien stand zwar mitten auf einer Seite *Papa ist arbeitslos*, aber das war auch schon alles.

Am Anfang hatte sich niemand richtig Sorgen

gemacht. Meine Eltern waren sicher, dass Papa schnell wieder Arbeit finden würde. Schließlich hatte er sich nichts zuschulden kommen lassen, sondern seine Stelle als Fertigungsleiter einer kleinen Metallwarenfabrik verloren, weil der Betrieb Konkurs gemacht hatte.

Doch dann kamen die ersten großen braunen Umschläge. Eine Firma nach der anderen schickte die Bewerbungsunterlagen meines Vaters zurück und der Sachbearbeiter bei der Arbeitsagentur hatte auch keine Stellenangebote für ihn. Ehe wir richtig wussten, wie uns geschah, wurde das Geld so knapp, dass auch Emma, Alex und ich es merkten. Emma als Erste und am schlimmsten. Bobby hätte geimpft und entwurmt werden müssen und Mama stellte fest, dass wir uns keinen Hund mehr leisten konnten.

Damals hatte ich noch einmal in mein Tagebuch geschrieben. *Heute haben die neuen Besitzer Bobby abgeholt. Sie scheinen nett zu sein. Bestimmt hat er es gut bei ihnen. Trotzdem weint Emma ununterbrochen, seit er fort ist. Sie weint so schrecklich, dass Alex sogar aufgehört hat, wegen seiner Fußballschuhe zu meckern.*

Die Schuhe waren Alex' Ein und Alles gewesen. Die letzten, die er und Papa gemeinsam gekauft hatten. Ich konnte mir genau vorstellen, wie sie an den Regalen entlanggeschlendert waren, bis Alex Papa genau dort hatte, wo er ihn haben wollte. Vor diesem Super-Sonder-Modell, das man nach eigenem Geschmack zusammenstellen konnte und das so unglaublich teuer war, dass die Dinger eigentlich von selbst Tore hätten schießen müssen. Ich sah es geradezu vor mir, wie Alex mit leuchtenden Augen sämtliche Vorzüge dieser Wunderschuhe aufzählte und wie Papa sich mit ebenso leuchtenden Augen wünschte, er würde noch Fußball spielen. Auf jeden Fall hatte mein Bruder es geschafft. Er hatte die Schuhe bekommen und er liebte sie mindestens ebenso heftig wie Emma ihren Bobby. Nach jedem Tragen polierte er sie auf Hochglanz und als sie ihm zu klein wurden, bekamen sie einen Ehrenplatz in seinem Regal. Ich glaube sogar, dass er sie abends manchmal mit ins Bett nahm. Vielleicht hatte er sie dort vergessen. Jedenfalls fand Bobby sie und war offenbar der Meinung, sie seien besser als jeder Kauknochen. Noch immer sah ich die Tränenbäche vor mir, die Alex vergoss, nachdem er die Überreste seiner Fußballschuhe entdeckt hatte. Erst als die neuen Besitzer Bobby abgeholt hatten und Emma von Tag zu Tag blasser wurde, hörte Alex auf, ständig über die »doofe Töle« zu meckern.

Ohne ein Wort geschrieben zu haben, klappte ich das Tagebuch wieder zu und schob es zurück unter die Matratze. Im Wohnzimmer war es inzwischen still geworden und sogar bei Alex herrschte Ruhe. Ich würde mir noch ein Glas Wasser aus der Küche holen und dann endlich schlafen.

Die Wohnzimmertür war fest geschlossen. Wahrscheinlich hatte mein Vater sich zum Schlafen auf dem Sofa eingerichtet, wie so oft in letzter Zeit. In der Küche allerdings brannte noch Licht. Sicher brütete meine Mutter über ihren Hausaufgaben. Ich schob vorsichtig die Tür auf. Tatsächlich saß Mama am Tisch, Hefte und Bücher vor sich ausgebreitet, doch sie lernte nicht. Sie weinte.

»Mama?« Erschrocken ließ ich mich auf den Stuhl neben ihr fallen und legte ihr einen Arm um die Schultern.

»Was willst du denn hier, Jessie? Geh wieder ins Bett.«

»Meinst du, ich lasse dich hier so sitzen?«

»Ach, Kind …« Meine Mutter schluckte und dann schluchzte sie plötzlich so laut auf, dass ich zusammenzuckte. »Ich weiß einfach nicht mehr, wie es weitergehen soll.«

»Na – genau so, wie du es gesagt hast: Du

machst deinen Kurs zu Ende und dann das Praktikum und dann findest du einen tollen Job.« Ich versuchte, zuversichtlich zu klingen, merkte aber selbst, dass meine Stimme zitterte.

»Das ist doch Blödsinn«, schluchzte Mama. »Wer will schon eine Vierzigjährige, die fünfzehn Jahre lang Hausfrau war?«

»Ich dachte, von denen, die diesen Kurs gemacht haben, hätten die meisten sofort Arbeit gefunden?«

Das war schließlich der Hauptgrund gewesen, warum meine Mutter sich gerade für diesen »Fit fürs Büro«-Kurs entschieden hatte und von acht bis sechzehn Uhr zur Schule ging, statt nur halbtags, wie an anderen Instituten üblich.

Mama zog die Nase hoch und sah mich aus verquollenen Augen an. »Ich sollte dich wirklich nicht mit diesen Dingen belasten, Jessica.«

»Meinst du etwa, es belastet mich nicht, wenn ihr ständig hinter geschlossenen Türen streitet? Ich bin doch kein kleines Kind mehr! Ich finde, ich sollte ruhig wissen, was hier genau los ist. – Vielleicht ist es ja gar nicht so schlimm, wie ich denke.«

»Eher noch schlimmer«, sagte Mama leise. »Noch viel, viel schlimmer, Schatz. Ich glaube nicht, dass du dir vorstellen kannst, wie hoch unsere Schulden sind. Und die werden jeden Monat höher. Immer höher und höher und höher!« Wieder schluchzte meine Mutter auf, fing sich erneut und wischte sich über die Augen. »Weißt du ... das Haus, die Autos, die Urlaube ... das ging alles genau auf, solange euer Vater seine Stelle hatte. Aber mit der Arbeitslosigkeit ist von einem Tag auf den anderen unsere gesamte Finanzierung zusammengebrochen. Wir stehen vor einem Trümmerhaufen, Jessica. Ach was Trümmerhaufen – vor einem Trümmerberg – und ich sehe einfach keinen Ausweg mehr.«

»Aber ihr habt doch das Haus verkauft ... Da muss doch Geld übrig geblieben sein.«

Meine Mutter lachte bitter. »Von wegen. Im Moment sind die Immobilienpreise viel niedriger als damals, als wir gebaut haben. Wir haben an dem Verkauf nicht einen Cent verdient. Im Gegenteil.«

In meinem Kopf drehte sich alles. Ich fühlte mich, als sei ich in einen Wirbelsturm geraten. Meine Mutter merkte nichts davon. Sie schien eher mit sich selbst als mit mir zu sprechen. »Wenn ich mich wenigstens auf euren Vater verlassen könnte ... Diese Lernerei ist so anstrengend ... Und wenn ich mir dann noch Sorgen um Emma machen muss – wie soll ich mich da in der Schule konzentrieren?«

»Ich könnte Emma ja …«

»Ganz sicher nicht!« Meine Mutter wurde plötzlich unheimlich wütend. »Ich habe aufgehört zu arbeiten, als du geboren wurdest, und habe mich all die Jahre um euch gekümmert. Da ist es wohl nicht zu viel verlangt, dass euer Vater das jetzt tut. – Zeit genug hat er schließlich!« So schnell, wie Mamas Wut aufgeflackert war, erlosch sie wieder. Ihr Kopf sank auf die Tischplatte und sie brach in haltloses Weinen aus. Ich saß neben ihr, streichelte ihren Rücken und fühlte mich entsetzlich hilflos.

Der nächste Tag war ein Freitag. Als ich nach Hause kam, saßen Emma und Alex bereits am gedeckten Küchentisch. Mein Vater stand am Herd und schöpfte etwas Undefinierbares in tiefe Teller.

»Du kommst gerade rechtzeitig, Jessie. Wir wollten eben anfangen zu essen.«

Emma rührte neugierig in der braunen Brühe herum, während Alex angeekelt darauf starrte. »Was ist das denn?«, wollte er wissen.

»Du wirst doch wohl Linseneintopf erkennen, wenn er vor dir steht«, fuhr mein Vater ihn an.

»Aber in Linseneintopf gehören Würstchen!«, protestierte Emma. »Viele Würstchen!«

22

»Würstchen gibt es nicht.« Mein Vater setzte sich zu uns an den Tisch und begann schweigend zu löffeln.

Alex machte sich mit enormer Schlagzahl über seinen Eintopf her und fragte, sobald er fertig war: »Kann ich raus?«

Mein Vater zuckte die Schultern. »Meinetwegen. – Aber komm nicht zu spät nach Hause.«

»Ist gut!« Alex sprang so begeistert auf, dass sein Stuhl beinahe umkippte.

Ich versuchte immer noch, meine Linsen mit angehaltenem Atem zu schlucken, um möglichst wenig davon zu schmecken, als Emma herausplatzte: »Wann kochst du eigentlich wieder mal Rollladen, Papa? Wir haben sooo lange keine Rollladen mehr gegessen. Und die sind sooo lecker!«

Mein Vater blickte von seinem Teller auf, sah Emma lange an und aß dann wortlos weiter.

3

Ich erwachte davon, dass meine Mutter rief: »Ich bin jetzt weg!«

Der Wecker, der auf dem kleinen Regalbrett über meinem Bett stand, zeigte auf Viertel nach acht. Wahrscheinlich war Mama zu unseren Großeltern gegangen, um Oma beim Putzen zu helfen.

Ich ließ mich zurück ins Kissen fallen und erhaschte dabei einen Blick auf ein Eckchen makellos blauen Himmel. Schon gestern hatten wir so einen sonnig-kühlen Pseudo-Wintertag gehabt. Ich dachte ganz kurz daran, Papa zu einer Radtour zu überreden. Früher wäre das kein Problem gewesen. Da war unser Vater am Wochenende zu allem bereit – vorausgesetzt Alex hatte spielfrei und es stand nicht irgendwo in der näheren oder weiteren Umgebung ein unheimlich wichtiges Fußballspiel an. Gegen Fußball hatten wir »drei Frauen« keine Chance. Mama und ich

verdrehten schon die Augen, wenn nur das Wort
»Fußball« fiel, denn sobald sie über Ergebnisse
und Tabellen und die Chancen ihrer Lieblings-
mannschaften diskutierten, fanden mein Vater
und Alex kein Ende mehr.

Hier war das alles anders. Um Papa zu ge-
meinsamen Aktivitäten zu bewegen, brauchte
man rhetorische Fähigkeiten, die ich nicht besaß.
Nicht einmal Alex schaffte es noch, ihn in Dis-
kussionen über die Fußball-Bundesliga zu ver-
wickeln. An Touren mit dem Rad war schon
gleich gar nicht mehr zu denken.

Was also sollte ich anfangen mit diesem strah-
lend blauen Samstagvormittag? Shoppen hatte
ich vor langer Zeit von der Liste meiner Hobbys
gestrichen, zusammen mit Simsen, Kinobesu-
chen und Fantasy-Schmökern. Bis zu unserem
Umzug hatte Pascal mich noch mit Lesestoff ver-
sorgt, doch seit wir mitten in der Stadt wohnten,
hatten wir uns nicht mehr gesehen.

Ich könnte in die Stadtbibliothek gehen, überlegte ich. Meinen Antrag auf zwölf Euro Jahres-
gebühr hatte Mama zwar abgelehnt, weil Emma
in der neuen Schule gleich am zweiten Tag fünfzehn Euro für Arbeitsmaterialien mitbringen
musste, aber in der Bücherei ein paar Stunden zu
lesen, kostete schließlich nichts. Allerdings sollte

ich mich dann ein bisschen beeilen, denn die Bibliothek schloss samstags bereits um zwölf Uhr.

Ich war in fünf Minuten im Bad fertig, schlüpfte in Jeans und Sweatshirt, schnappte mir in der Küche ein trockenes Brötchen und eine Scheibe Käse und rief meinem Vater, der im Wohnzimmer am Computer saß, zu: »Ich bin zum Mittagessen zurück!«

Mit der U-Bahn brauchte ich nur eine knappe Viertelstunde in die Innenstadt und bis zur Bücherei noch einmal vier Minuten zu Fuß. Pünktlich zur Öffnung um neun Uhr stand ich vor dem Eingang und beeilte mich, in die Abteilung mit den Fantasy-Romanen zu kommen. Vor dem gut sortierten Regal konnte ich mein Glück kaum fassen: Direkt vor meiner Nase stand der dritte Band von *Das Lied von Eis und Feuer*. Die ersten beiden Teile hatte Pascal mir geliehen, aber Band drei las er selbst noch, als wir umzogen. Deshalb griff ich jetzt sofort zu, suchte mir eine ruhige Ecke und machte es mir dort in einem Sessel gemütlich.

Es dauerte keine fünf Minuten, bis ich alles um mich herum vergessen hatte. Ich tauchte erst wieder auf, als das Signal zum Verlassen der Bücherei ertönte. Ungläubig sah ich auf meine Armbanduhr. Es war tatsächlich schon Mittag.

Aber ich konnte doch nicht mitten in der Geschichte aufhören! Und nächste Woche wäre das Buch mit Sicherheit verliehen! Einen Moment dachte ich daran, es einfach aus der Bibliothek zu schmuggeln und zurückzubringen, sobald ich es gelesen hätte, aber dann stellte ich es doch an seinen Platz zurück.

Während ich durch den Sonnenschein zur U-Bahn trottete, dachte ich trübsinnig zurück an zu Hause. In unserer Kleinstadt hatte es alles gegeben, was man sich nur wünschen konnte. Eine kostenlose Bücherei, ein Freibad und ein Hallenbad, ein Jugendcafé und für Alex einen Fußballverein. Das Beste aber war der Wald, der wenige Meter hinter unserem Haus begann und fast das ganze Jahr zum Biken einlud.

So richtig verstand ich immer noch nicht, warum meine Eltern unbedingt von dort weg gewollt hatten. Selbst wenn wir unser Haus nicht behalten konnten, hätten sie doch sicher eine günstige Wohnung finden können.

Mama hatte versucht zu erklären, dass eine Wohnung in der Stadt praktischer sei, weil sie zentraler läge und wir wegen der öffentlichen Verkehrsmittel kein Auto mehr bräuchten. Ihr wichtigstes Argument war, dass wir in Omas und Opas Nähe wohnen würden und die beiden sich um Emma kümmern konnten, sobald Papa wieder Arbeit hatte.

Ich wurde allerdings den Verdacht nicht los, dass sie sich einfach vor den Nachbarn geschämt hätte, wenn wir aus unserer schnuckeligen Doppelhaushälfte in irgendeine billige Wohnung gezogen wären. Und wir Kinder mussten das jetzt ausbaden.

Kurz nach halb eins ließ ich die verschiedenen Essensgerüche im Haus Stockwerk für Stockwerk hinter mir. Vor unserer eigenen Wohnungstür schnupperte ich ungläubig. Ich schloss auf und der Geruch wurde stärker. Nicht nur stärker – er wurde eindeutig. Es roch nach Rouladen, Papas Spezialität aus besseren Zeiten.

Ich hängte meinen Anorak an die Garderobe und ging in die Küche. Auf der Arbeitsplatte neben dem Herd stand ein Teller mit fünf dampfenden Rouladen und mein Vater rührte konzentriert in einem kleinen Soßentopf.

»Probier mal«, sagte er und hielt Emma, die ihm aufmerksam zusah, einen Löffel vor den Mund. Meine kleine Schwester spitzte wie ein Profi die Lippen um zu pusten, bevor sie kostete.

»Lecker!«, erklärte sie fachmännisch.

»Wenn das so ist«, schmunzelte mein Vater,

»ruf Alex zum Essen.« Er griff nach einem Topf, in dem es heftig brodelte, und goss Nudeln ab. Breite Nudeln. Nudeln, die mehr als zwei Euro pro Pfund kosteten, wie ich inzwischen wusste. Nicht solche für neunundzwanzig Cent pro Packung.

»Setz dich, Jessie«, sagte Papa und ich gehorchte wie betäubt. Was würde Mama zu dieser Aktion sagen?

»Boa, das war eine tolle Idee, Paps! Ich hab einen Riesenhunger!« Alex polterte hinter Emma in die Küche. Meine Schwester kletterte auf ihren Stuhl, griff nach Messer und Gabel und begann auf den Tisch zu trommeln. Dabei sang sie: »Wir haben Hunger, Hunger, Hunger …«

Alex lachte, griff ebenfalls nach seinem Besteck und stimmte in den Gesang ein.

»Was ist denn hier los?« Keiner von uns hatte Mama kommen hören. Sie stand in der Küchentür und betrachtete fassungslos die Szene.

»Setz dich schnell!«, krähte Emma. »Sonst werden die Rollladen kalt!«

»Rouladen?«, fragte meine Mutter mit einer Stimme, wie ich sie noch nie gehört hatte. »Wie kommst du darauf, Rouladen zu kochen, Udo? Wie hast du die bezahlt?«

»Aus der Haushaltskasse.«

»Und wovon leben wir nächste Woche?«

»Emma wollte gern wieder mal Rouladen essen«, sagte mein Vater und gab jedem von uns eine. »Man kann doch nicht immer nur ans Geld denken, Tanja. Die Kinder müssen auf so Vieles verzichten … Nun komm schon, setz dich! Möchtest du Rotkraut? Das habe ich extra für dich gemacht.«

»Du musst vollkommen wahnsinnig sein!«

Emma begann entsetzt zu weinen und Alex' Augen wurden kugelrund vor Schreck.

Mein Vater verteilte Nudeln und Soße auf jeden Teller, nahm sich selbst außerdem ein wenig Rotkraut und setzte sich zu uns. »Guten Appetit«, sagte er, schnitt ein Stück von seiner Roulade ab, kaute andächtig, schluckte. »Ganz zart. – Du verpasst etwas, Tanja!«

»Ich weiß nicht, wie wir über die Runden kommen sollen und du gibst das Haushaltsgeld einer Woche für ein Mittagessen aus?« Meine Mutter musste im ganzen Block zu hören sein.

Emmas Weinen wurde lauter.

»Tanja, wenn du wüsstest, wie ich diesen Ton hasse«, sagte mein Vater und schob sich eine Gabel voll Rotkraut in den Mund.

»Entschuldige.« Meine Mutter wurde plötzlich ganz ruhig. »Du hast vollkommen recht,

30

Udo. Das dürfte mir nicht passieren. Wenn Emma sich Rouladen wünscht, soll Emma Rouladen haben. Klar! Lasst es euch schmecken, Kinder. – Wer weiß, ob ihr nächste Woche noch etwas zu essen bekommt.« Sie drehte sich auf dem Absatz um und Sekunden später hörten wir ihre Schritte auf der Treppe.

Emma weinte so heftig, dass ihr zwei dicke Bäche aus der Nase liefen und auch Alex war offensichtlich der Appetit vergangen.

Ich spürte einen riesigen Kloß im Hals und sprang auf.

»Jessica, komm zurück. Du kannst doch das gute Essen nicht einfach stehen lassen!«, rief mein Vater, doch ich griff nach meinem Anorak und rannte aus dem Haus.

Wenn Lisa-Marie doch nur hier wäre! Lisa-Marie, die so gut zuhören konnte, dass man sich sofort besser fühlte. Aber wahrscheinlich würde nicht einmal sie verstehen, warum wegen ein paar Rouladen fast die Welt zusammenbrach. Wie sollte sie auch? Ihre Spezialität waren Liebeskummer und nervende Eltern. Von Geldsorgen hatte sie keine Ahnung.

Hinter mir quietschten Fahrradbremsen und ich fuhr erschrocken herum.

»Hi!« Florian aus meiner Klasse grinste mich an. Wie immer trug er olivefarbene Cargohosen und einen Bundeswehrparka. Seine blonden Dreadlocks leuchteten in der Sonne. »Sag bloß, du wohnst hier?«

»Hm.«

Florian war mir gleich am ersten Tag in der neuen Schule aufgefallen. Einmal wegen seiner Frisur, aber mehr noch, weil er den ganzen Vormittag zu dösen schien und trotzdem jedes Mal die richtige Antwort wusste, wenn er aufgerufen wurde.

»Und, wie gefällt's dir so?«

»Hier?« Ich sah ihn ungläubig an.

»Na ja, hier ... bei uns in der Schule ...«

»Geht so.«

»He, du scheinst privat genauso gesprächig zu sein wie im Unterricht.« Er grinste noch breiter. »Sag's ruhig, wenn du dich von mir belästigt fühlst!«

»Quatsch.«

»Ist wahrscheinlich nicht ganz einfach, in eine neue Klasse zu kommen, wenn das Schuljahr schon angefangen hat, oder?«

»Hm. – Aber ich denke, für meine kleine Schwester ist es noch viel schwerer.« Was machte ich da? Wollte ich wirklich Florian unsere Fami-

32

liengeschichte erzählen? Mein Verstand wollte nicht, aber mein Mund redete einfach weiter. »Emma ist nämlich im September erst in die Schule gekommen. Und jetzt in den Weihnachtsferien musste sie weg von all ihren Freundinnen. Das hat sie immer noch nicht richtig verkraftet.«

»Finden so kleine Kinder nicht schnell neue Freunde?«, fragte Florian.

»Keine Ahnung. – Emma jedenfalls nicht. – Die ist plötzlich wieder total schüchtern. Sagt, dass die Kinder hier so wild sind. Wild und laut. Und ein Junge aus ihrer Klasse kneift, und wenn die Lehrerin nicht hinsieht, haut er wohl sogar.«

Florian musste mich für bescheuert halten, doch er ließ sich nichts anmerken, schob sein Rad neben mir her und schien aufmerksam zuzuhören. »Kann es sein, dass du genauso schüchtern bist wie deine Schwester?«, fragte er nach einer ganzen Weile.

»Quatsch! Wie kommst du denn darauf?«

»Seit du in die Klasse gekommen bist, hast du ungefähr zehn Worte gesprochen, oder?«

»Blödsinn! – Das waren mindestens zwölf.«

»Und dabei kneift oder haut bei uns noch nicht mal einer.« Ich musste lachen und Florian grinste schon wieder. Schweigend gingen wir weiter nebeneinander her. Zum ersten Mal in den fünf

33

Wochen, die wir jetzt hier wohnten, fühlte ich mich fast wohl.

»Du solltest auf jeden Fall zum Faschball kommen«, sagte Florian unvermittelt. »Das ist die beste Gelegenheit, um die Leute aus unserer Klasse kennenzulernen. Wir sind nämlich echt in Ordnung. Wenn du dich erst mal zu zwanzig bis dreißig Worten durchringen kannst, wirst du das merken.«

»Ich bin kein Faschingsfan.«

»Macht nichts. Der Faschball ist auch für Faschingsmuffel DAS Event des Schuljahres. Das kannst du dir unmöglich entgehen lassen.«

»Mal sehen«, sagte ich vage. »Ich glaube, ich muss jetzt nach Hause.«

»Okay. War nett, dich zu treffen.« Florian stieg wieder aufs Rad, fuhr aber noch nicht los. »Streich dir den sechzehnten Februar im Kalender an«, sagte er. »19 Uhr. Nicht vergessen.«

4

»Was willst du denn hier?«

»Wow! Was für ein Empfang!« Lisa-Marie schob sich an mir vorbei in den Flur. »Ich freue mich auch, dich zu sehen!«

»Ich ... Du ...«

»Das ist ja eine nette Überraschung! Wie geht es dir, Lisa-Marie? – Wie geht es deinen Eltern?« Meine Mutter kam aus der Küche, wo sie mit Emma Lesen geübt hatte.

»Hallo, Frau Schmidt. Ich hoffe, es ist okay, dass ich am Sonntag so einfach hereinplatze?«

»Natürlich! Macht es euch doch im Wohnzimmer gemütlich. – Ach nein, Udo ...« Das Strahlen bröckelte aus Mamas Gesicht. Sie sah aus, als würde sie jeden Moment anfangen zu weinen. Deshalb schob ich Lisa aus der Wohnung, griff nach Anorak und Schlüsselbund, knallte die Tür hinter mir zu und raste an meiner verdutzten Freundin vorbei die Treppe hinunter.

Draußen nieselte es und war ungemütlich kalt. Ich zog die Schultern hoch, vergrub die Hände in den Jackentaschen und stiefelte in Richtung U-Bahn-Haltestelle.

»He! Warte doch mal! Wo willst du überhaupt hin?« Lisa-Marie trippelte auf bleistiftdünnen Absätzen neben mir her.

Ich blieb stehen und sah sie an. Ich wusste nicht, wohin ich wollte. Ich wusste nur, dass Lisa nicht sehen sollte, wie wir lebten. Warum war sie überhaupt gekommen?

Wie früher schien sie meine Gedanken lesen zu können, denn sie sagte prompt: »Du kennst doch diesen blöden Spruch vom Berg und dem Propheten, oder? Und wenn der Prophet nicht mal ans Telefon geht …«

Jetzt musste ich lachen.

»Oh Mann, ich dachte schon, das hättest du verlernt«, seufzte Lisa-Marie. »Kannst du mir nun vielleicht auch noch sagen, was du gerne machen würdest?«

Gute Frage. In meinem Geldbeutel hatte ich genau null Euro, null Cent und meine Schüler-monatskarte.

Ich zuckte die Schultern.

»Ich weiß was«, sagte Lisa-Marie. »Heute stand in der Zeitung, dass im Zentrum eine neue Eisdiele aufgemacht hat. Damit fangen wir an. Ich lade dich ein. – Widerspruch ist zwecklos.«

»Jetzt erzähl endlich«, forderte Lisa mich auf und fiel über ihren Eisbecher her.

»Was soll ich erzählen?«

»Na was wohl? Wie es dir geht. Wie es in der neuen Schule ist. Ob du tolle Jungs in der Klasse hast ...«

»Wie soll es mir schon gehen? Du hast doch gesehen, wo wir wohnen.«

»Ich find's gar nicht schlecht. Neu. Bunt. Pfiffig. – Nach deinen Erzählungen hatte ich es mir viel schlimmer vorgestellt.«

Ich versuchte, den Block mit Lisa-Maries Augen zu sehen, und musste zugeben, dass sie nicht ganz unrecht hatte. Dafür, dass ich nur die Betonfassade sah und nicht die Balkone mit den hölzernen Brüstungen, die Gitterboxen für die Mülleimer und nicht die Haustüren in leuchtenden Farben, die steinige Brachfläche zwischen den Häuserreihen und nicht die kleinen Gärten im Erdgeschoss, dafür konnte der Architekt schließlich nichts.

»Aber es ist alles so eng! Alex haust in der Abstellkammer und Emma und ich haben in unserem Zimmer nicht mal Platz für einen Schreibtisch.«

»Echt?« Lisa sah mich ein wenig fassungslos an. »Und was ist mit deinem Fernseher? Wo guckst du die *Gilmore Girls*?«

Ich lachte kurz auf. »Die habe ich nicht mehr gesehen, seit wir umgezogen sind.«

»Aber wieso ...«

»Im Wohnzimmer hockt doch ständig jemand herum. – Wenn nicht Alex am Computer, dann Emma oder meine Eltern vor dem Fernseher. Kannst du dir vorstellen, wie viel Spaß die *Gilmore Girls* machen, wenn Alex *Bundesligastars* spielt und Emma quengelt, weil sie KiKa gucken will?«

»Du Ärmste! Ist wenigstens die neue Schule okay? – Gibt es interessante Jungs?«

Ich musste kurz an Florian denken und zögerte deshalb eine Sekunde zu lange.

»Es gibt interessante Jungs!« Lisa strahlte.

»Quatsch!«

»Nun komm schon! Du kannst mir nichts vormachen, Jessica Schmidt!«

Weil das stimmte, erzählte ich Lisa-Marie dann doch von meiner Begegnung mit Florian und von seiner Einladung zum Faschingsball.

Ihre Augen leuchteten auf. »Der steht auf dich.«

»Blödsinn!«

»Warte nur den Faschingsball ab. – Du wirst schon sehen, dass ich recht habe.«

»Glaubst du im Ernst, ich könnte mir ein Faschingskostüm leisten?«

»Du brauchst doch kein Kostüm zu kaufen! Du hast schließlich deine Oma!«

»Was hat die denn damit zu tun?«

»Mensch, Jessie! Jetzt sag bloß nicht, du hättest ihre Truhe vergessen!«

Das hatte ich tatsächlich. Vielleicht, weil es immer Lisa gewesen war, die mit Begeisterung *Prinzessin* und *Verkleiden* spielte. Ich hatte eher widerwillig mitgemacht, wenn sie sich auf die leicht muffig riechenden, altmodischen Kleider stürzte, die meine Großmutter in einer riesigen Holztruhe aufbewahrte.

»Ich weiß nicht …«

»Aber ich! Du kannst nicht so tun, als ginge deine neue Klasse dich nichts an!«

»Ich will aber keine neue Klasse«, brach es aus mir heraus. »Ich will euch!«

Lisas Augenfarbe wechselte von hellblau zu einem tiefen Veilchenviolett, wie immer, wenn sie vor Mitleid fast verging. »Ach, Jessie …«

Ich wischte mir wütend über die Augen und schob mir einen riesigen Löffel Eis in den Mund.

Lisa-Marie verrührte Sahne, Vanilleeis und Himbeeren zu einem unansehnlichen Brei. »Weißt du was«, sagte sie schließlich. »Wir brauchen unbedingt etwas zur Aufmunterung. Iss dein Eis auf, wir gehen ins Kino!«

Als ich nach Hause kam, empfing mich schrilles Quietschen aus dem Wohnzimmer. Emma sah sich Zeichentrickfilme an, während Alex mit Kopfhörern am Computer saß. Auf dem Monitor bewegten finster blickende Kerle in tief sitzenden Jeans rhythmisch ihre gestreckten Arme auf und ab. Mein kleiner Bruder schien nach Eminem nun auch die deutsche Hip-Hop-Szene für sich zu entdecken.

Immerhin hatte ich so unser Zimmer ein wenig für mich alleine. Das sollte ich ausnutzen, um zu lernen. Schließlich kannte ich die neuen Lehrer noch längst nicht gut genug, um zu wissen, wann mit irgendwelchen Tests zu rechnen war.

Im Garderobenspiegel sah ich durch die angelehnte Küchentür meine Eltern zusammen am Tisch sitzen. Eine Woche lang hatten sie nicht miteinander geredet, doch nun streichelte Mama meinem Vater, der den Kopf in den Händen vergraben hatte, sanft über den Rücken. Papa blickte auf und ich machte erschrocken einen

Schritt rückwärts in unser Zimmer. Er hatte mich aber wohl nicht bemerkt, denn er sagte zu Mama: »Hast du eine Ahnung, wie das ist, Tanja, tagtäglich zu hören, dass die Konjunktur anspringt, dass die Arbeitslosenzahlen sinken, dass Tausende von Langzeitarbeitslosen wieder einen Job finden, und du selbst kriegst eine Absage nach der anderen? Kannst du dir vorstellen, wie ich mich fühle, wenn ich immer und immer wieder höre ›Wir stellen uns für diese Position eigentlich einen Ingenieur vor‹?«

»Aber Udo …«

»Und wenn ich mich um einfachere Tätigkeiten bewerbe, heißt es: ›Dafür sind Sie doch vollkommen überqualifiziert. Das wäre auf Dauer sicher unbefriedigend für Sie.‹ Ich wäre inzwischen direkt froh, wenn mir mal einer sagen würde: ›Sie sind fast fünfzig. Sie sind uns zu alt.‹«

»Aber wir dürfen doch nicht aufgeben, Udo. Irgendwie müssen wir weitermachen. – Schon wegen der Kinder.«

Ein eiskalter Finger strich meine Wirbelsäule entlang und die Härchen auf meinen Unterarmen stellten sich auf. Ich machte leise die Tür zu und ließ mich aufs Bett fallen. Die Lust zum Lernen war mir vergangen.

5

Bestimmt hatten unsere Eltern es gut gemeint, als sie Alex und mich in der neuen Schule anmeldeten. Wahrscheinlich sollten wir wenigstens vormittags so etwas wie unsere gewohnte Umgebung haben. Vielleicht war diese Schule auch einfach am besten zu erreichen. Doch ich hasste schon die Fahrt dorthin. Der Bus quälte sich durch schmale Straßen, vorbei an sauberen Reihenhäuschen und Doppelhäusern mit gerade erst angelegten Gärten, und das alles erinnerte mich so sehr an zu Hause, dass ich jeden Morgen damit rechnete, Lisa-Marie oder Pascal die Straße entlanggehen zu sehen.

Auch die Schule selbst war wie meine alte Schule – ein Siebziger-Jahre-Flachbau, die graue Fassade unter pädagogischer Aufsicht mit Graffiti besprüht, Grünzeug in Betontrögen. Leute, denen nur Insider ansahen, was ihre Klamotten gekostet hatten, mit tief im Rücken hängenden

Rucksäcken, die Stöpsel ihrer MP3-Player und iPods in den Ohren. Genau wie zu Hause eben. Nur dass ich hier nicht dazugehörte.

»Jessica, warte mal!« Florian bog mit seinem Rad in den Schulhof ein. »Hast du's dir überlegt? Kommst du zum Faschball?« Er stieg ab und schob das Rad neben mir her. Heute bemerkte ich, dass es nur auf den ersten Blick aussah wie neu. Auf den zweiten war es einfach gut gepflegt.

»He, die große Schweigerin kannst du drinnen wieder geben!«, lachte Florian. »Sprich mit mir! Sag, dass du kommst.«

»Ich glaube schon.« Auch ich musste lachen und beschloss, nach dem Unterricht statt nach Hause zu meinen Großeltern zu fahren.

»Jessica! Wie schön, dass du uns besuchst!« Meine Großmutter trat beiseite, um mich hereinzulassen.

»Hallo, Oma.« Ich küsste ihre zarte, knitterige Wange.

»Vom Mittagessen ist leider nichts übrig geblieben, aber ich habe heute Morgen einen Gugelhupf gebacken.«

»Ich bin doch nicht zum Essen gekommen, Oma! Außerdem gibt es sowieso nichts Besseres als deinen Gugelhupf. – Wo ist Opa?«

Das Lächeln verschwand aus Omas Gesicht. »Seit Alexander ihm gezeigt hat, wie dieses eBay funktioniert, sitzt er ständig vor dem Computer. Früher hat er tage- und wochenlang suchen müssen, um seine Sammlungen zu vergrößern. Jetzt macht er das vom Wohnzimmer aus. Du kannst dir nicht vorstellen, wie viel Geld das kostet.«

Alex selbst war das erste Opfer von Opas neuer Leidenschaft geworden. Statt des Fußballmanager-Spiels für den Computer, das er sich so sehnlich zum Geburtstag gewünscht hatte, ersteigerte Opa für ihn ein Fahrrad, das gut eine Nummer zu groß war.

Ich guckte ins Wohnzimmer. »Hallo, Opa!«

»Hallo, Jessica. Komm her und sieh dir an, was ich entdeckt habe.«

Ich trat hinter meinen Großvater und sah ihm über die Schulter. Er klickte zwei Mal und dann erschien auf dem Monitor ein riesiger Schmetterling, dessen obere Flügelspitzen wie die Profile von Schlangenköpfen aussahen.

»Wow!«, entfuhr es mir.

»Ein Atlasspinner«, erklärte Opa. »Für den Preis fast geschenkt. Es ist wirklich kaum zu glauben, was du im Internet alles finden kannst. – Sieh dir das hier an …« Wieder klickte er ein paar Mal.

»Ach, Opa! Das ist doch grausam! So schöne Falter aufzuspießen.«

»Nun sei doch nicht albern, Kind! Wie willst du denn sonst Schmetterlinge präparieren?«

Oma rettete mich, indem sie rief: »Möchtest du Kakao haben, Jessica?«

»Gern.« Ich floh in die Küche hinüber.

»Das ist ja schrecklich«, stöhnte ich. »Ich dachte, Opa sammelt Zinnkrüge und Briefmarken. Seit wann ist er denn auf Schmetterlinge umgestiegen?«

»Von wegen umgestiegen«, seufzte Oma, holte die Schachtel mit dem Kakaopulver aus dem Küchenschrank und setzte Milch auf. »Er hat seine Sammelleidenschaft einfach erweitert. – Wenig Zucker, richtig?«

»Richtig. – Und die Schmetterlinge …?«

»Lass uns lieber von etwas anderem reden. – Hast du dich inzwischen in der neuen Schule eingelebt?«

»Na ja, geht so.« Ich erzählte von Florians Einladung und davon, dass Lisa-Marie fand, ich müsste sie unbedingt annehmen.

»Da hat sie vollkommen recht. Bestimmt gibt es keine bessere Möglichkeit, um deine Mitschüler kennenzulernen. – Was wirst du anziehen?«

45

»Lisa meinte, in deiner Kleidertruhe gäbe es bestimmt etwas Passendes.«

»Das ist eine gute Idee.« Die Milch kochte und Oma rührte das Kakaopulver hinein. »Jetzt trinkst du in aller Ruhe deinen Kakao und isst ein Stück Kuchen, dann gehen wir stöbern.«

»Wie wäre es damit? Das ist ein echtes Charleston-Kleid aus den zwanziger Jahren.« Oma hatte sich bis zum Grund der Truhe durchgearbeitet und hielt nun ein anthrazitfarbenes Kleid in die Höhe. Sehr schlicht, ärmellos, mit einem runden Ausschnitt und einem tief angesetzten Rock.

Vor meinem inneren Auge erschienen Frauen mit Bubikopf, Zigarettenspitze und langen Perlenschnüren um den Hals. »Das ist doch viel zu schade für einen Faschingsball!«

»Papperlapapp«, sagte Oma. »Dieses Kleid wartet seit einer Ewigkeit darauf, wieder einmal etwas zu erleben!«

»Meinst du wirklich …?«

»Natürlich! Probier es an!«

Im Badezimmer stellte ich fest, dass Reißverschlüsse in den zwanziger Jahren offenbar noch nicht Standard waren. Das Kleid hatte am Rücken eine Unmenge Knöpfchen und feiner Schlaufen.

»Oma! Du musst mir helfen! Ich schaffe das nicht alleine!«

Meine Großmutter kam ins Bad und schloss geduldig einen Knopf nach dem anderen. »Wie für dich gemacht«, stellte sie fest, als sie fertig war.

»Aber meine Haare …« Schon beim ersten Blick in den kleinen Badezimmerspiegel merkte ich, dass meine Zotteln und das Kleid sich nicht vertrugen. Früher, als ich noch eine Kurzhaarfrisur nach der anderen ausprobierte, hätte es da sicher kein Problem gegeben, aber die langen Fransen, die ich jetzt trug, sahen einfach unmöglich aus.

»Du hast recht. So geht das nicht.« Oma verschwand und ich hörte sie erneut in ihrer Truhe kramen. Als sie zurückkam, sagte sie: »Augen zu« und machte sich an meinem Kopf zu schaffen. Sie zupfte hier, knotete da, schob an meinen Haaren herum. Dann drehte sie mich um neunzig Grad und sagte: »So, jetzt kannst du die Augen wieder aufmachen.«

Ich guckte direkt in den großen Spiegel im leicht dämmrigen Flur und von dort blickte ein Wesen aus einer anderen Zeit zu mir zurück. Um den Kopf hatte es einen gehäkelten Netzschal geschlungen, der es geheimnisvoll, ja verrucht aus-

sehen ließ. Es fehlte nur noch die Zigarettenspitze.

Eine Stunde und zwei Stück Gugelhupf später
hatte Oma mir nicht nur das Kleid und den Schal
eingepackt, sondern auch die Hälfte des Ku-
chens für Alex und Emma. Als ich sie zum Abschied umarmte, sagte sie: »Du brauchst doch sicher auch Eintrittsgeld für diesen Ball, oder?«

Daran hatte ich gar nicht gedacht. Vor Enttäuschung wurde mir ganz elend, denn mein Spar-
konto war schon lange bis auf den letzten Cent
abgeräumt.

»Im Moment bin ich leider auch ein bisschen
knapp bei Kasse.« Auf der Suche nach ihrem
Geldbeutel öffnete Oma eine Küchenschublade
nach der anderen. »Fritz hat letzten Monat den
größten Teil unserer Rente für ein altes Konversationslexikon ausgegeben. – Zwanzig Bände.
Kannst du dir das vorstellen? Dafür haben wir
doch gar keinen Platz!« Sie fand das Portemonnaie und drückte mir einen knisternden Fünf-
Euro-Schein in die Hand. »Ich hoffe, damit
kommst du zurecht«, sagte sie und schob mich,
als ich protestieren wollte, einfach zur Tür hinaus.

Auf der Brachfläche vor dem Block spielte eine ganze Horde Jungs Fußball. Alex, trotz der Kälte im kurzärmeligen T-Shirt, war mitten unter ihnen. Er rannte vor und zurück, blieb immer in Ballnähe, brüllte mit sich überschlagender Stimme Kommandos. Einen Moment lang beneidete ich meinen kleinen Bruder glühend, der nur hinter einem aufgepumpten Stück Leder herlaufen musste, um neue Freunde zu finden.

Dann sah ich meinen Vater aus dem Haus treten. Er zog die Tür hinter sich ins Schloss, blieb stehen und beobachtete die Jungs. Einen Moment lang schien es, als wolle er Alex, so wie früher auf dem Fußballplatz, Anweisungen zurufen, doch dann sackten seine Schultern herab, er drehte sich um und ging davon.

Oben in der Küche räumte meine Mutter Lebensmittel in die Schränke.

»Hast du deinen Kurs geschwänzt oder warum bist du schon hier?«, fragte ich überrascht.

Mama räumte wortlos weiter. Auf dem Küchentisch lagen zwei leere Einkaufstaschen und eine, die voller Obst zu sein schien. Neugierig sah ich hinein und traute meinen Augen nicht. »Seit wann können wir uns wieder Avocados leisten?«

»Die können wir uns nicht leisten. Die gab es heute.« Die Stimme meiner Mutter klang ausdruckslos.

»Wo gab es die?«

»Bei der Tafel.«

»Wo?« Ich verstand kein Wort.

»Sag bloß, du hast noch nie von der Tafel gehört! Dort verteilen lauter gute Menschen ehrenamtlich Lebensmittel, die kurz vor dem Verfallsdatum stehen, an so arme Schlucker wie uns.«

DIE Tafel. Mir wurde schwindlig. Natürlich hatte ich schon davon gehört. Aber ich hätte nie im Leben geglaubt, dass wir einmal etwas damit zu tun haben könnten.

»Sieh mich nicht so an!«, fauchte meine Mutter. »Wo hätte ich denn etwas zu essen hernehmen sollen, nachdem ihr am Samstag so exklusiv gespeist habt? Kannst du vielleicht ohne Geld im Supermarkt einkaufen?« Sie schlug die letzte Schranktür zu und funkelte mich an. »Ich habe sogar Fritz und Margarete um Geld gebeten, aber die haben diesen Monat selbst kaum genug. Weißt du, was das für ein Gefühl ist, die Schwiegereltern anzubetteln?« Meine Mutter holte einen Kochtopf aus dem Schrank neben der Spüle und knallte ihn auf den Herd. »Ich möchte bloß wissen, wieso alles an mir hängen bleibt! Schließ-

lich hat euer Vater uns diesen ganzen Mist einge-
brockt!«

In diesem Moment wurde die Wohnungstür so
heftig aufgestoßen, dass sie gegen die Wand flog
und gleich darauf krachend zurück ins Schloss
fiel. »Ich bring den Kerl um!«, brüllte Alex.
»Wenn ich den erwische, der mein Trikot geklaut
hat, bring ich ihn um!«

»Was ist das schon wieder für ein Theater? –
Wo ist deine Jacke, Alexander? Es ist viel zu kalt,
um nur im T-Shirt herumzulaufen.« Mama sah
aus, als würde sie jeden Moment in die Luft gehen und erst in der Erdumlaufbahn zur Ruhe
kommen.

»Ich hab ja nicht nur das T-Shirt angehabt«,
heulte mein Bruder und sah plötzlich wieder aus
wie ein kleines Kind. »Die haben mir mein WM-
Trikot geklaut!«

»Die haben dir das Trikot ausgezogen?«, fragte
Mama ungläubig. »Komm mit runter! Das werden wir sofort klären!«

»Nein, nicht ausgezogen.«

Ich war sicher, dass Alex gleich in Tränen aus-
brechen würde, doch noch schluckte er sie tapfer
hinunter.

»Wir haben Fußball gespielt«, erklärte er, »und
ich hab total geschwitzt. Deswegen habe ich das

Trikot auf die Bank gelegt. Und da hat es einer geklaut.«

»Selber schuld«, sagte unsere Mutter – plötzlich ganz kalt. Dann fiel ihr Blick auf Alex' Füße und sie wurde blass. »Was hast du mit deinen Schuhen gemacht?«, flüsterte sie.

»Na Fußball gespielt.«

»Bist du von allen guten Geistern verlassen? Hast du immer noch nicht begriffen, was hier los ist?« Früher hatte Mama nie geschrien, doch jetzt konnte man sie bestimmt schon wieder unten vor dem Haus hören. »So dämlich kann man doch mit zwölf Jahren nicht mehr sein! Wo um alles in der Welt soll ich Geld für neue Turnschuhe herbekommen?«

Jetzt liefen Alex' Augen wirklich über, doch bevor Mama das sehen konnte, verzog er sich in seine Kammer und knallte die Tür hinter sich zu. Ich wusste nicht, wer mir mehr leidtat. Meine Mutter, der die Geldsorgen über den Kopf wuchsen, oder mein Bruder, der jetzt auch noch sein über alles geliebtes WM-Trikot verloren hatte.

6

Der letzte Schultag vor den Faschingsferien und damit der Faschingsball rückte unaufhaltsam näher. Als ich Freitagmittag auf den Bus wartete, quietschten wieder einmal Fahrradbremsen neben mir.

»Kommst du heute Abend wirklich?« Florian schüttelte sich die Dreadlocks aus dem Gesicht.

Bis eben war ich mir nicht sicher gewesen, aber als ich jetzt in seine hellen Augen blickte, stand meine Entscheidung fest. »Natürlich«, sagte ich. »Um sieben. Hab's nicht vergessen.«

»Klasse!« Florian strahlte. »Dann bis heute Abend. Ich warte hier auf dich.« Er stieg aufs Rad und trat kräftig in die Pedale. Kurz vor der ersten Kreuzung drehte er sich noch einmal um und winkte mir zu.

Ich brauchte Stunden, bis ich mit meinem Aussehen einigermaßen zufrieden war. Mehr als ein-

53

mal wünschte ich mir, Lisa-Marie wäre hier und wir könnten mit ihrem reichhaltigen Kosmetikbestand experimentieren. Immerhin schaffte ich es, mit einem Rest Mascara und einem Kajalstummel meine Augen viel größer aussehen zu lassen, und mit Omas Häkelschal um den Kopf wirkte mein Gesicht schließlich sogar im grellen Licht der Badezimmerlampe geheimnisvoll.

Mama half mir, das Kleid zuzuknöpfen. »Was für Schuhe ziehst du eigentlich an?«, fragte sie und mir wurde eiskalt. Ich hatte keine Schuhe zu diesem Kleid. Keine Schuhe und keine Strümpfe. Florian würde umsonst an der Bushaltestelle warten.

»Oh, Schatz«, seufzte Mama. Sie guckte auf meine Füße und plötzlich lächelte sie. »Eigentlich müssten dir doch meine Schuhe passen, glaubst du nicht?«

Sie verschwand im Schlafzimmer, tauchte gleich darauf mit einer Feinstrumpfhose und einem Paar halbhoher schwarzer Pumps wieder auf.

»Probier mal«, verlangte sie.

Ganz vorsichtig zog ich die Strumpfhose an und schlüpfte in Mamas Schuhe. Es fehlte nicht viel und sie hätten gepasst, aber tanzen konnte ich unmöglich damit.

»Das kriegen wir hin«, sagte meine Mutter.
»Die stopfen wir einfach aus. Irgendwo muss ich
noch Watte haben.«

Als sie mit mir fertig war, fühlte ich mich tatsächlich einigermaßen sicher in den Schuhen.

»Du siehst so schön aus«, seufzte Mama und
küsste mich auf die Wange. »Ich hoffe, du hast einen wunderbaren Abend.«

Mit klopfendem Herzen stöckelte ich zur U-
Bahn, betrachtete immer wieder zufrieden mein
Spiegelbild in den Scheiben des Zuges. Als ich an
der Endhaltestelle in den Bus umstieg, befielen
mich allerdings erste Zweifel. Und als ich am
Schulzentrum ankam, war mir klar, dass ich etwas schrecklich missverstanden hatte. Die Mädchen, die auf dem Parkplatz aus den Autos ihrer
Eltern stiegen, trugen Jeans und bauchfrei und
waren gestylt wie für eine Casting-Show. Auch
viele Jungs sahen aus, als hätten sie Stunden vor
dem Spiegel verbracht. Nicht einer von ihnen
war verkleidet.

Ich wollte zurück in den Bus, wollte weg von
hier, bevor irgendjemand mich sah, doch da kam
Florian schon auf mich zu. Wie immer trug er
Cargohosen und seinen Bundeswehrparka.

»Hi, Jessica.« Er sah mich genauer an und in

seinem Gesicht machte sich ungläubiges Staunen breit. Er schluckte. »Du … Du siehst toll aus.«

»Danke«, sagte ich. »Und vielen, vielen Dank, dass ich mich hier zum Affen machen durfte.«

»He, so war das doch nicht … Ich hab einfach nicht daran gedacht, dir zu sagen … Weißt du, für mich war es irgendwie völlig klar, dass …«

»… man sich für einen Faschingsball nicht verkleidet? Du hast natürlich recht. Da hätte ich wirklich von selbst draufkommen müssen!«

Jasmin und Anna aus unserer Klasse stiefelten an uns vorbei. »Hi, Flo!«, zwitscherte Anna. »Hi, Jessica.« Dann blieb sie plötzlich stehen und sagte: »Mensch, Jassy, hast du das auch gerochen? Wie bei meiner Oma im Kleiderschrank. Nach Mottenkugeln oder so.«

Die beiden drehten sich um, sahen mich an, bemerkten offenbar erst jetzt meinen Häkelschal und das Kleid. »Tolles Kostüm, Jessica!«, sagte Jasmin und als ich das unterdrückte Lachen in ihrer Stimme hörte, hatte ich endgültig genug. In diesem Moment fuhr ein Bus in die Haltebucht und ich stürmte die Stufen hinauf. Ich ließ mich auf den ersten freien Sitz fallen, hörte erleichtert das Zischen, mit dem sich die Türen schlossen. Florian rannte neben dem Bus her und klopfte an die Scheibe, doch ich ignorierte ihn.

Erst als ich an der Endhaltestelle ausstieg, wurde mir klar, dass ich unmöglich schon wieder nach Hause fahren konnte. Ich hatte nicht die geringste Lust, zu erklären, warum ich nicht auf dem Ball geblieben war. Also saß ich die nächsten drei Stunden bei McDonalds und gab Omas kostbares Geld für Cola aus.

»Jessie, Telefon.« Mein Vater rüttelte mich sanft an der Schulter. Ich schlug die Augen auf und sofort fiel mir der vergangene Abend wieder ein. Ich stöhnte.

»Soll ich Lisa-Marie sagen, dass die Fete anstrengend war und sie besser später noch mal anruft?«, fragte Papa mitfühlend.

Ich stöhnte noch einmal und schüttelte den Kopf. Lisas Befragung würde ich nicht entgehen, also konnte ich sie auch gleich hinter mich bringen. Ich krabbelte aus dem Bett und schauderte. Im Fernsehen war zwar immer wieder davon die Rede, dass dies der wärmste Februar aller Zeiten sei, doch in unserer Betonburg blieb es ungemütlich kühl.

Ich vergewisserte mich, dass Emmas Bett leer war, bevor ich das Telefon aus dem Flur holte und mich wieder unter der Decke verkroch.

»Ja«, knurrte ich in den Hörer.

Lisa-Marie ließ sich durch meinen Ton nicht beeindrucken. »Erzähl!«, verlangte sie. »Ich will alles wissen.«

»Da gibt es nichts zu erzählen.« Ich berichtete kurz, was passiert war.

»So ein Blödmann. Ich glaube, der ist nichts für dich. – Hat das Kleid wirklich nach Mottenkugeln gerochen?«

»Ich weiß nicht«, sagte ich. »Ein bisschen vielleicht. Aber ich hatte es tagelang zum Lüften auf den Balkon gehängt.«

»Na ja, jetzt sind erst mal Ferien«, tröstete Lisa. »Und bis die Schule wieder anfängt, erinnert sich kein Mensch mehr an die Geschichte.«

»Du hast leicht …«

Durch die Leitung drangen gedämpfte Rufe und lautes Gepolter und Lisa-Marie unterbrach mich: »Mensch, tut mir leid, Jessie. Ich muss Schluss machen.«

»Wieso?«

»Ach, wir fahren nach Südtirol und ich habe meinen Koffer immer noch nicht fertig gepackt. Ich weiß gar nicht, was wir da sollen. Es gibt doch sowieso keinen Schnee. – Sorry, Jessie! Meine Mutter dreht gleich durch. Ich melde mich wieder, wenn wir zurück sind, okay?«

Es knackte einmal und die Leitung war tot.

7

Statt auszuschlafen, wurde ich am Montagmorgen pünktlich um halb sieben wach. Sofort dehnte sich der Tag wie eine Wüste vor mir aus. Da Mamas Kurs keine Ferien machte, würde Emma von früh bis spät wie eine Klette an mir hängen, würde spielen wollen oder stundenlang Geschichten hören. Obwohl er früher mit bewundernswerter Ausdauer vorgelesen hatte, konnte ich mir nicht vorstellen, dass mein Vater das übernehmen würde.

In diesem Moment ging die Tür auf und er streckte den Kopf ins Zimmer »Bist du wach, Jessica?«

Ich starrte ihn verwundert an, brauchte einen Augenblick, bis ich begriff, warum er so verändert aussah. Er hatte offenbar seine Haarschneidemaschine hervorgeholt und trug jetzt wieder den Stoppelschnitt, mit dem er immer zur Arbeit gegangen war. Er sah mindestens fünf Jahre jünger aus, obwohl seine Haare inzwischen ganz schön grau waren.

»Was ist los?«, fragte ich.

»Komm mal bitte kurz.«

Ich stieg aus dem Bett und stellte verblüfft fest, dass Papa nicht nur gestylt und rasiert war, sondern seinen guten Anzug, ein weißes Hemd und eine bunte Krawatte trug.

»Ich muss weg, Jessie«, sagte er. »Dummerweise ist heute die Ausgabe bei der Tafel. Da müsstest du bitte hingehen. Der Ausweis liegt auf dem Küchentisch. Unsere Nummer ist zwischen 13:00 Uhr und 13:20 Uhr dran.«

»Aber wo …«

Papa unterbrach mich. »Die Adresse habe ich dir aufgeschrieben. Ist ganz in der Nähe der U-Bahn. Dürfte nicht zu verfehlen sein. – Ich muss los. – Kann spät werden. – Drück mir die Daumen.« Er küsste mich auf die Wange, dann war er auch schon weg.

Verwirrt wollte ich mich noch ein wenig im Bett verkriechen, doch dabei weckte ich Emma.

»Machst du mir Frühstück, Jessie?«, krähte sie sofort.

»Na klar, Küken«, sagte ich. »Lass mich nur schnell was anziehen.« Ich schlüpfte in Jeans und Sweatshirt, dann ging ich mit Emma in die Küche. Mitten auf dem Tisch lagen ein Kärtchen und der Zettel, auf dem Papa die Adresse der Tafel-Ausgabestelle notiert hatte. Ich schob beides beiseite, stellte Teller und Tassen für Emma und mich hin, setzte Teewasser auf. Ich strich uns ein paar Marmeladenbrote. Emma hatte sich auf ihren Stuhl plumpsen lassen und warf mir einen anklagenden Blick zu. »Warum kann ich nicht Nutella haben?«, jammerte sie. »Wir haben sooo lange kein Nutella mehr gehabt.«

»Diese Tour kannst du dir gleich wieder abgewöhnen«, sagte ich. »Die funktioniert nur ein Mal.«

Emma sah mich erstaunt an. »Was funktioniert nur ein Mal?«

»Dieses ›das haben wir sooo lange nicht mehr gehabt‹. Das hat bei den Rouladen nur ausnahmsweise geklappt.«

Emma schob kurz die Unterlippe vor, biss dann aber doch in ihr Marmeladenbrot. »Nutella schmeckt viiiel besser«, murrte sie.

»Finde ich ja auch«, gab ich zu. »Aber im Moment haben wir eben nur Marmelade.« Ich schenkte Tee ein.

Kaum war sie mit ihrem zweiten Brot fertig, quengelte Emma, ganz wie ich es erwartet hatte: »Spielst du was mit mir?«

61

»Bleibt mir etwas anderes übrig?«

»Nö.«

Emma flitzte los, um die Spielekiste zu holen. Ich räumte Teller, Tassen und Messer ins Spülbecken und wischte den Tisch ab, als Alex in Boxershorts und T-Shirt in die Küche kam. »Morgen, Jessie«, murmelte er und rieb sich die Augen. »Wo sind Mam und Paps?«

»Na, wo wohl? Mama ist in ihrem Kurs und Papa ist in geheimer Mission unterwegs.«

Alex' Gesicht leuchtete auf. »Toll! Dann kann ich Fußball spielen gehen!« Er nahm sich zwei Scheiben Brot und bestrich sie dick mit Margarine. »Haben wir Wurst?«

»Sag mal, wo lebst du denn?«

»Oh Mann«, stöhnte Alex. »Meinst du, das wird irgendwann mal wieder anders?«

Ich zuckte die Schultern.

»Gibt es wenigstens Milch?«

Statt zu antworten, verdrehte ich nur die Augen.

»Ich hätte auch gerne mal wieder Milch.« Wie ein Kistenteufelchen stand Emma schon wieder in der Küche. »Aber noch lieber hätte ich Kakao.«

»Danke, Alex! Das hast du echt super gemacht!«

Weil Alex sofort nach dem Frühstück verschwunden war, brachte ich Emma zu unseren Großeltern, bevor ich mich auf den Weg zur Tafel machte.

»Wie war der Ball, Jessica?«, wollte Oma sofort wissen.

»Erzähle ich dir ein anderes Mal«, versprach ich, küsste Emma zum Abschied und rannte die Treppe wieder hinunter.

Ich nahm die U-Bahn in die Innenstadt. Den Zettel mit der Adresse hatte ich eingesteckt, doch ich brauchte ihn nicht. Ich musste nur den Leuten mit den Einkaufstrolleys folgen, die alle an der Station ausstiegen, die Papa mir aufgeschrieben hatte. Farblose Frauen mit blassen Kindern, Männer in Jogginganzügen, die sicher in ihrem Leben noch nie gejoggt waren, alte Männer und Frauen, für die schon der kurze Weg zum Fahrstuhl eine Qual bedeutete.

Ich ging ihnen nach – und schämte mich. Ich wollte nicht dazugehören, wollte nicht sein wie diese Leute, die wie ein Abziehbild des Hartz-IV-Klischees aussahen, das immer noch in meinem Kopf herumspukte, obwohl ich es längst besser wissen sollte. Gleichzeitig schämte ich mich dafür, dass ich mich schämte. Noch nie in meinem Leben hatte ich mich so elend gefühlt.

Je näher wir der Ausgabestelle kamen, desto enger wurde es auf dem Gehweg. Drei gut aussehende junge Mütter mit ihren Babys reihten sich ein, einige Frauen mit Kopftüchern und langen Mänteln, zwei alte Türken in Anzügen, mit bestickten Käppchen auf dem Kopf. Die Schar wurde immer bunter und ich fühlte mich nicht mehr ganz so unwohl.

Dann bogen die Menschen vor mir plötzlich einer nach dem anderen links ab. Ich folgte ihnen, trat durch ein großes Tor und traute meinen Augen nicht. Ich stand im Hof einer aufgelassenen Fabrik, am Ende einer schier endlosen Warteschlange. Hilflos blieb ich stehen und sah mich um.

»Biste neu hier, Kleine?«, fragte eine alte Frau mit einem richtigen Hexenbuckel.

Ich nickte.

»Haste schon 'ne Nummer?«

»Ich … Ich habe einen Ausweis.«

»Das ist gut. Dann kannste da drieben gucken, wo 'de hinmusst.« Sie deutete auf eine Tafel, an der eine Menge bunter Zettel klebten. Pfeile mit dem Wort »Ausgabe« zeigten in zwei verschiedene Richtungen. Ich stellte fest, dass es offenbar um die Ecke noch einen Eingang gab und dass ich mich dort anstellen musste.

Der Ansturm am zweiten Eingang war nicht weniger groß als vorne im Hof und ständig drängten weitere Menschen nach. Innerhalb kürzester Zeit war ich völlig eingekeilt. Mir wurde schwummerig von dem Geruch, den die vielen Körper um mich herum verströmten, doch Umfallen war unmöglich. Die Menge hielt mich fest, schob mich so lange weiter, bis ich in einem großen Raum stand, in dem auf langen Tischen Lebensmittel aufgebaut waren. Vor mir an einem Tisch saß eine Frau und sagte: »Hallo. Deinen Ausweis bitte.«

Ich fummelte das Kärtchen mit zittrigen Fingern aus meiner Hosentasche und reichte es ihr.

»Aha, fünf Personen«, sagte die Frau und heftete mir eine Nummer an die Jacke.

Verständnislos sah ich sie an.

»Bist du heute zum ersten Mal hier?« Sie lächelte und ich nickte mit trockenem Mund.

»An der Nummer können meine Kolleginnen und Kollegen sehen, für wie viele Personen du einkaufst«, erklärte die Frau. »Du kannst alles mitnehmen, was ihr braucht. Am Ende zeigst du dann noch einmal deine Karte vor, damit die Kollegin an der Kasse weiß, dass ihr in deiner Familie« – sie warf noch einmal einen Blick auf unseren Berechtigungsschein – »zwei Erwachsene seid. Das heißt, du musst drei Euro bezahlen.«

Alles Blut schien in meine Füße zu sacken und die Frau hinter dem Tisch sah mich besorgt an. »Ist alles in Ordnung mit dir? – Du bist plötzlich ganz blass.«

»Ich ... Ich habe keine drei Euro.«

»Haben deine Eltern dir kein Geld mitgegeben?«

Als ich den Ausweis und den Zettel mit der Adresse mittags eingesteckt hatte, lag kein Geld auf dem Tisch. Aber irgendwie hatte ich das Gefühl, dass das morgens anders gewesen war.

»Nun mach dir mal keine Sorgen«, tröstete mich die Frau. »Bei uns muss niemand hungrig wieder weggehen. Du suchst dir jetzt aus, was ihr braucht, und dann sagst du meiner Kollegin an der Kasse, ich hätte gesagt, dass das so in Ordnung geht.« Sie lächelte mir aufmunternd zu und wandte sich an den alten Mann, der hinter mir wartete. »Herr Kleinlein! Wie schön, dass sie wieder gesund sind!«

Wie betäubt ging ich an den Tischen entlang, packte Käseaufschnitt und einen Ring Fleischwurst, Toastbrot, eine Tüte Brötchen, zwei Liter H-Milch und Marmelade in meine Taschen. Ich sammelte Äpfel, Bananen und Orangen in einen weiteren Stoffbeutel und verstand, warum fast alle Leute hier mit einem Einkaufstrolley anstanden. Die Henkel der Taschen schnitten mir schmerzhaft in die Finger. Trotzdem packte ich weiter ein. Wer konnte schon wissen, wann wir wieder an rote Bohnen, Tomatensoße aus der Tüte oder an Räucherspeck, Margarine und Joghurt kommen würden? Und dann musste ich blinzeln, weil ich meinen Augen kaum traute. Auf dem letzten Tisch vor der Kasse standen mehrere Paletten mit Haselnusscreme.

»Darf ich vielleicht zwei davon haben? Meine kleine Schwester hat schon so lange ...«

»Bist du zum ersten Mal hier?«, fragte der Mann hinter dem Tisch.

»Ja.«

»Dann will ich mal eine Ausnahme machen.« Schnell schob er zwei Gläser in meine Tasche. »Aber sag das niemandem, sonst kriegen wir Ärger.« Er blinzelte mir zu. »Deine Schwester ist nämlich nicht die Einzige, die wild darauf ist.«

Mit hochrotem Kopf ließ ich mich von der Schlange zur Kasse weiterschieben und fühlte mich wie eine Bettlerin, als ich mit heißen Ohren stammelte, dass ich diesmal nicht bezahlen müsste.

Auf der Straße war der Andrang noch immer

so groß wie vor einer halben Stunde. Ich hatte das Gefühl, gegen einen zähen Strom anzuschwimmen, als ich mich auf den Rückweg zur U-Bahn machte. Alle paar Schritte musste ich meine Taschen absetzen, weil sie einfach zu schwer waren.

»Hi! Dass ich dich hier treffe, hätte ich ja nie gedacht.«

Am liebsten wäre ich mitsamt meinen Taschen im Boden versunken. *Bitte nicht!*, flehte ich stumm. *Nicht hier. Nicht nach diesem Wochenende!*

»Das mit Freitag tut mir total leid. Ehrlich! Das musst du mir glauben!«

»Schon gut«, sagte ich, griff nach den Taschen und schleppte sie ein paar Schritte weiter.

»Es ist erst gut, wenn du sagst, dass du mir verzeihst«, erklärte Florian. »Soll ich dir das schnell zur U-Bahn fahren? Ich hab noch ein paar Minuten Zeit.«

»Habe ich dich um Hilfe gebeten?«

»Nein, hast du nicht. Aber ich biete sie dir trotzdem an. Die sehen nämlich echt schwer aus.« Florian warf einen bedeutungsvollen Blick auf meine Taschen, dann stutzte er. »Sag bloß, heute gibt's Nuss-Nougat-Creme? Da bettelt mein Bruder schon seit Wochen drum. – Bist du sicher, dass ich dir nicht helfen soll? – Dann versuche ich nämlich dranzukommen, bevor alles weg ist! – Man sieht sich!« Er drehte sein Rad um 180 Grad und strampelte los.

Verbissen schleppte ich die Einkaufstaschen weiter. Obwohl es ziemlich kühl war, rann mir der Schweiß aus den Achselhöhlen und versickerte in meinem Sweatshirt. Aus meinem Anorak stieg mir ein säuerlicher Geruch in die Nase.

8

Alex saß zusammen mit zwei anderen Jungs auf einer Bank am Sandkasten vor unserem Block und futterte Chips. Er bemerkte mich erst, als ich über die Rückenlehne griff und ihm die Tüte aus der Hand riss.

»He, spinnst du? Was soll das?«

»Woher hast du die?«

»Das geht dich nichts an!«

Alex' neue Freunde lachten. Ich ignorierte sie und fragte noch einmal: »Woher hast du die Chips?«

»Gekauft«, antwortete Alex mürrisch.

»Mit welchem Geld?«

»Auf dem Küchentisch lagen drei Euro.«

In meinen Ohren rauschte es. Ich hätte Alex würgen können. Oder schlagen. Schlagen, bis mir die Hände wehtaten. Ich musste bei der Tafel betteln und er stopfte sich mit Chips voll! »Du bist wirklich noch viel dämlicher, als man mit

70

zwölf Jahren sein dürfte«, zischte ich ihm ins Ohr, griff dann erneut nach den Henkeln der Einkaufstaschen und schleppte sie und mich die letzten Meter bis ins Haus.

In der Wohnung war es ruhig wie selten. Emma war noch bei meinen Großeltern, Mamas Kurs ging bis vier und wann Papa nach Hause kommen würde, wusste kein Mensch. Doch statt diesen traumhaften Zustand zu genießen, musste ich mit dem brodelnden Vulkan in meinem Inneren fertig werden. Am liebsten hätte ich etwas zerschlagen oder mit Geschirr um mich geworfen. Stattdessen pfefferte ich Konservendosen in den Vorratsschrank und knallte mit den Türen. Es half nichts. Gar nichts. Ich heulte vor Wut und Frustration, bis meine Augen ganz geschwollen waren. Besser ging es mir trotzdem nicht.

Mein Vater musste mitten in der Nacht nach Hause gekommen sein und war – wie meine Mutter – schon wieder weg, als ich am nächsten Morgen aufwachte. Ich deckte den Frühstückstisch für Emma, Alex und mich, kochte Kakao aus H-Milch und einem Rest Instantpulver, das ich beim Einräumen der Lebensmittel entdeckt

hatte, und stellte eines der Gläser mit Haselnusscreme mitten auf den Tisch. Dann kramte ich unseren seit Monaten unbenutzten Toaster hervor
und röstete einen ganzen Berg Weißbrot, bevor
ich Emma weckte.

»Frühstück ist fertig, Küken«, flüsterte ich ihr
ins Ohr. »Beeil dich, sonst futtert Alex dir alles
weg.«

Wie der Blitz schoss Emma aus dem Bett,
schlüpfte in die dicken Ringelsocken, die Oma
ihr gestrickt hatte, und flitzte in die Küche.

»Wie das duftet, Jessie!«, jubelte sie, ließ sich
auf ihren Stuhl fallen und griff nach einer
Scheibe Toast. Ihr Blick blieb an dem großen Glas
hängen. »Das ist kein Nutella«, sagte sie. »Ich
wollte doch Nutella haben!«

Ich starrte sie an, machte den Mund auf,
klappte ihn wieder zu und stolperte in unser
Zimmer. Ich schloss die Tür ab, warf mich aufs
Bett und hämmerte mit den Fäusten auf mein
Kissen ein. Ich hätte schreien können. Schreien
und schreien und schreien. Stattdessen biss ich
mir auf die Fingerknöchel, bis es wehtat. Irgendwann quälte ich mich aus dem Bett, schlüpfte in
Jeans und Sweatshirt und schloss die Zimmertür
wieder auf. Emma stand im Flur und starrte
mich mit riesigen, dunklen Augen an.

72

»Jessie ...«, begann sie, doch ich griff wortlos nach meinem Anorak, schlug die Wohnungstür hinter mir zu und rannte die Treppen hinunter. Seit dem Umzug stand mein Fahrrad unbenutzt in dem kleinen Holzschuppen, den hier jede Familie statt eines Kellerabteils hatte. Heute holte ich es endlich heraus. Heute war es mir egal, dass es hier keinen Wald gab, keine schmalen, steilen Wege, an denen ich meine Kraft testen konnte, keine Abfahrten, die meine gesamte Konzentration forderten. Ich musste mich einfach bewegen. Egal wo. Egal wie.

Ich folgte dem Radweg Richtung Stadtrand. Gang um Gang schaltete ich nach oben. Stärker und stärker trat ich in die Pedale. Als ich mich einer großen Kreuzung näherte, schaltete ich noch einen Gang hoch, wollte auf jeden Fall über die Straße, bevor die Ampel umsprang. Wie aus weiter Ferne hörte ich eine hektische Fahrradklingel, dann quietschten Bremsen. Mein Vorderrad blockierte und ich wäre beinahe über den Lenker geflogen. Mit wild klopfendem Herzen und Pudding in den Knien stieg ich ab.

»He«, sagte eine nur allzu bekannte Stimme. »Ich glaube, irgendeine höhere Macht will uns unbedingt zusammenbringen.«

»Du bist auf der falschen Straßenseite gefahren«, keuchte ich. »Du hättest gar nicht von rechts kommen dürfen!«

»Seit wann gilt das für Radwege?« Florians Augen funkelten und sein Grinsen reichte von einem Ohr zum anderen. »Du warst viel zu schnell.«

»Woher willst du das wissen?« Langsam beruhigte mein Puls sich ein wenig.

»Das war eindeutig.« Florian prüfte, ob der riesige Packen Anzeigenblätter auf seinem Gepäckträger noch richtig festgezurrt war.

»Okay. Wenn das so ist, dann komme ich mit und helfe dir – als Entschuldigung.« Ich wusste nicht, warum ich das sagte, doch Florian schien sich nicht darüber zu wundern.

»Ich brauche aber mindestens noch eine Stunde«, stellte er lediglich fest.

»Egal. Ich hab nichts anderes vor.«

»Also dann ...«

Wir überquerten die Kreuzung und Florian parkte sein Rad an einem frisch renovierten Häuserblock. Er begann, die Werbeblättchen in die blitzblanken Briefkästen zu stecken, und ich griff mir ebenfalls einen Arm voll.

»Beachte bloß die ›Keine Werbung‹-Aufkleber«, warnte Florian. »Die Leute hier sind total zickig. Rufen sofort an und beschweren sich.«

74

»Ay, ay, Sir!« Ich knallte die Hacken zusammen und ging weiter zum nächsten Haus.

»Wohnst du eigentlich hier in der Gegend?«, fragte ich, als Florian mich wieder einholte. Er deutete in die Richtung, aus der wir gekommen waren.

»Ah ja«, sagte ich und musste lachen. »Da wohnen wir auch.«

Wir arbeiteten uns schweigend durch die Straße und nahmen die nächste in Angriff. Die Sonne kam heraus, es wurde frühlingshaft warm und der Packen Werbeblätter schmolz dahin.

»Das hätten wir«, sagte Florian, als noch ungefähr fünfzig Stück übrig waren.

»Und was passiert damit?«

»Das.« Flo stopfte alles in einen Mülleimer.

Wir waren fast wieder an unserem Block angekommen, aber ich hatte nicht die geringste Lust, nach Hause zu gehen.

»Ich muss da hin«, sagte Florian und deutete auf eine Reihe vernachlässigter Altbauten.

»Und ich da rüber.«

»Nobel, nobel.«

»Willst du mich …« Ich unterbrach mich und wurde rot, als ich begriff, dass Florian mich keineswegs auf den Arm nehmen wollte, dass unsere Wohnung wahrscheinlich wirklich nobel war im Vergleich zu seiner. Er lächelte, als wüsste er genau, was mir durch den Kopf schoss, und ich wurde noch tiefer rot.

Er erbarmte sich. »Hast du eine Idee, was man mit so einem angebrochenen Vormittag anfangen könnte?«

»Vielleicht noch ein bisschen draußen sitzen …?« Ich machte eine vage Handbewegung zu den Bänken am Spielplatz.

»Gute Idee.«

Wir schoben unsere Räder über die Straße und steuerten den Sandkasten an.

»Ich könnte uns 'ne Flasche Wasser von oben holen«, sagte ich.

»Oh ja.« Florian strahlte, als hätte ich ihm einen Riesen-Eisbecher angeboten.

Ich brachte mein Rad zurück in den Schuppen und flitzte hoch in die Wohnung.

»Jessie«, ertönte ein klägliches Stimmchen aus dem Wohnzimmer, »bist du das?« Emma hatte den Kinderkanal eingeschaltet und hockte winzig und verloren im Fernsehsessel. »Ich hab solchen Hunger«, jammerte sie.

»Dann soll Alex dir ein paar Brote machen.« Ich versuchte, mein schlechtes Gewissen zu ignorieren.

»Der ist schon ganz lange weg«, piepste

Emma und sah mich aus schwimmenden Augen an.

»Ich hab gestern Äpfel mitgebracht«, sagte ich. »Hol dir einen davon.«

»Die haben braune Flecken! Die mag ich nicht.«

»Dann nimm dir eine Banane.«

»Die sind bestimmt matschig!«

»Dann musst du eben noch ein bisschen Hunger haben!« Mein schlechtes Gewissen verabschiedete sich. Ich ging in die Küche. Seitdem bei uns nur noch Leitungswasser getrunken wurde, gab es keine leeren Flaschen mehr. Deshalb suchte ich hektisch nach der Aluflasche, die ich früher zum Radfahren mitgenommen hatte. Ich fand sie nach einer halben Ewigkeit ganz hinten in einem der Schränke, spülte sie gründlich mit heißem Wasser aus und ließ dann kaltes hineinlaufen.

»Ich bin unten am Spielplatz«, rief ich Emma zu und hatte plötzlich Angst, Florian könnte es sich anders überlegt haben und längst nach Hause gegangen sein. Zwei Stufen auf einmal nehmend, raste ich die Treppe hinunter.

Florian war noch da. Er hatte seinen Parka ausgezogen und saß auf einer Bank am Sandkasten, die Arme weit ausgebreitet, den Kopf in den Nacken gelegt. Seine Augen waren geschlossen, das Gesicht der Sonne zugewandt. Trotzdem schien er mich bemerkt zu haben, denn er schlug die Augen auf und lächelte. »Da bist du ja.«

»Hier.« Ich hielt ihm die Wasserflasche hin und hoffte, dass ich nicht schon wieder rot wurde.

Florian trank durstig, verschüttete ein wenig Wasser, wischte sich die Tropfen mit dem Unterarm vom Kinn. »Das tut gut«, sagte er, gab mir die Flasche zurück und schloss erneut die Augen. Ich setzte mich neben ihn und hielt ebenfalls mein Gesicht in die Sonne. Die blendete so, dass ich die Augen zukneifen musste. Ganz leicht spürte ich Florians Arm im Nacken, seinen warmen Körper an meiner Seite.

»Fast wie am Meer, findest du nicht?«, sagte er plötzlich.

»Wie am Meer?« Ich lauschte. Tatsächlich klang das Rauschen des Autoverkehrs fast wie Brandungswellen und das Schreien der spielenden Kinder hätte an jeden Strand gepasst.

»Mh«, schnurrte ich und fühlte mich beinahe glücklich.

Es dauerte allerdings nicht lange, bis die Wirklichkeit mich wieder einholte. »He, gib das her, du dreckiger Dieb!«, brüllte eine Jungenstimme, die nur Alex gehören konnte.

Ich riss die Augen auf. Vor mir im Sandkasten vergnügten sich ein paar Zwerge ganz friedlich damit, Kuchen zu backen, doch ein paar Meter weiter, am Rand der Brachfläche, wälzten sich zwei Jungen auf der Erde.

»Du sollst das hergeben, habe ich gesagt!«

»Alex!«, brüllte ich und schoss hoch.

»Sebastian!«

Ich sah Florian an, der ebenfalls aufgesprungen war.

»Mein Bruder«, sagten wir wie aus einem Mund und setzten uns in Bewegung. Gleichzeitig erreichten wir die beiden Jungen, die wie Kampfhunde ineinander verbissen waren. Gerade als ich ihn packen wollte, gewann Alex die Oberhand, hockte sich auf den Brustkorb seines Gegners und holte mit der Faust aus.

»Spinnst du?«, schrie ich und hielt seinen Arm fest.

Alex riss sich los und seine Faust landete im Gesicht von Sebastian. Dem schoss sofort das Blut aus der Nase.

»Verdammt noch mal, Alex, hör auf mit dem Mist!« Ich nahm ihn in den Schwitzkasten und zerrte ihn von Florians Bruder herunter. Der richtete sich auf und schüttelte so heftig den Kopf, dass Blut spritzte. Alex zappelte und wand sich in meinen Armen, doch ich war einen Kopf größer als er. Er hatte keine Chance.

»Das ist der Kerl, der mein Trikot geklaut hat!«, brüllte er und schlug um sich. Seine Faust traf mich unter dem Auge und ich ließ los. Sofort stürzte er sich wieder auf Sebastian. Der trug tatsächlich ein Deutschlandtrikot, wie Alex eines gehabt hatte. Allerdings reichte es ihm nicht bis zu den Oberschenkeln, sondern passte genau.

»Wie kommst du darauf, dass das deins ist? Davon gibt es Millionen«, krächzte er.

»Aber nicht mit *Podolski* hinten drauf«

»Okay, mit *Podolski* vielleicht hunderttausend.«

»Aber nur bei meinem fehlt der obere Strich vom ›k‹«, triumphierte Alex.

»Hast du das Trikot wirklich geklaut?« Florian packte seinen Bruder, der fast so groß war wie er selbst, im Nacken und schüttelte ihn wie einen jungen Hund.

»Nein, hab ich nicht!«, brüllte Sebastian. »Ich habe es gefunden! Es lag einfach hier rum!«

»Bloß weil es rumliegt, heißt das doch nicht, dass du es mitnehmen kannst!«, schrie Alex und zappelte in meiner Umklammerung.

»Ach ja?« Ich drehte ihn zu mir um und sah ihn

mit hochgezogenen Augenbrauen an. »Und wie war das mit den drei Euro neulich?«

»Das ist doch was ganz anderes!« Finde ich nicht. Du wusstest genau, dass das Geld nicht für dich war.«

Florian und ich standen uns gegenüber, jeder seinen Bruder fest im Griff. Sebastian sah Flo unwahrscheinlich ähnlich. Schmal, blond, sehnig, mit hellen Augen und heller Haut. Nur waren seine Haare nicht zu Dreadlocks gezwirbelt, sondern in sauberen Reihen dicht am Kopf zu schmalen Zöpfen geflochten.

Florian bemerkte meinen Blick und wurde rot. »Unsere Mutter ist Friseurin. Sie kann die Finger einfach nicht von unseren Haaren lassen.« Er knuffte seinen Bruder in den Rücken. »Du ziehst jetzt gefälligst das Trikot aus und gibst es zurück.«

Sebastian schälte sich widerwillig aus dem Shirt und hinterließ dabei einige Blutspuren auf dem kostbaren Stück. Mit mürrischem Gesicht hielt er Alex das Trikot entgegen. Der entriss es ihm und schlüpfte sofort hinein.

»So, und jetzt gebt ihr euch die Hände«, verlangte Florian wie ein Lehrer, der Frieden stiften will.

Alex und Sebastian starrten sich finster an.

81

»Na wird's bald?« Florian knuffte seinen Bruder noch einmal in den Rücken, woraufhin der zögernd seine Rechte ausstreckte. Alex ballte immer noch die Fäuste. Ich gab ihm mit der flachen Hand einen Schlag auf den Hinterkopf.

»Nun mach schon«, verlangte ich. »Emma ist alleine oben und verhungert wahrscheinlich langsam.«

Alex reichte seinem Gegner die Fingerspitzen, dann drehte er sich um und rannte zum Haus.

Sebastian zitterte in seinem dünnen T-Shirt und Florian gab ihm seinen eigenen Parka. »Du verschwindest jetzt auch«, sagte er und dann sah er mich an. »Vielleicht laufen wir uns ja noch mal über den Weg …«

»Mh.«

»Und wenn nicht, sehen wir uns am Montag.«

»Spätestens.« Ich wäre am liebsten ewig so stehen geblieben, aber Alex brüllte: »Kommst du endlich?« und Flo sagte: »Dann bis Montag also.«

»Bis Montag.«

9

Wie eine Wüste hatten die Ferien sich vor mir ge-
dehnt, doch jetzt schnurrten sie zusammen auf
die Größe des Spielplatzes an Emmas Schule. Dort
stand ein riesiges Klettergerüst mit einer langen
Rutsche und deshalb wollte Emma nur dort spielen und nicht vor unserem Haus, wo es lediglich
einen Sandkasten und ein paar Wipptiere gab. Allerdings hatte meine Schwester Angst vor den
großen Jungen, die ständig in Gruppen vor dem
Schulhaus herumlungerten. Auch vorm Über-
queren der großen Kreuzung fürchtete sie sich
nach wie vor und ich wusste, dass meine Eltern
es lieber sahen, wenn sie nicht allein gehen
musste. Allerdings waren weder mein Vater noch
meine Mutter noch Alex jemals richtig zu Hause
und so blieb Emma an mir kleben.

Ehe ich mich versah, waren die Ferien vorbei,
war es Montag und die Schule fing wieder an.
Schlagartig schob sich die Faschball-Geschichte,

die ich eine Woche lang erfolgreich verdrängt hatte, zurück in mein Bewusstsein. Mir wurde fast schlecht beim Gedanken an Jasmin und Anna und die Mottenkugeln. Es hätte mir vollauf gereicht, wenn wir im Klassenzimmer aufeinandergetroffen wären, doch die beiden erwarteten mich an der Bushaltestelle vor der Schule. Ich erschrak so, dass ich beim Aussteigen stolperte und die letzte Stufe hinuntergefallen wäre, wenn Anna mich nicht festgehalten hätte.

»Morgen, Jessica«, sagten sie und Jasmin wie aus einem Mund und wurden rot.

»Morgen.«

Anna merkte, dass sie mich noch immer am Arm hielt und ließ los, als hätte sie sich verbrannt. »Wir ... Ich ...« Sie schob sich eine Haarsträhne in den Mund und fing an, daran herumzukauen, bis Jasmin sie in die Seite boxte und zischte: »Nun mach schon.«

Anna holte tief Luft, wurde noch eine Spur dunkler rot und stotterte: »Ich will mich bei dir entschuldigen, Jessica. Der Spruch mit den Mottenkugeln war ziemlich blöd. Aber ich hab's nicht bös gemeint.«

»Und außerdem«, fiel Jasmin jetzt ein, »ist Flo ein totaler Idiot. Er hätte dir sagen müssen, dass du dich nicht zu verkleiden brauchst.«

»Stimmt«, sagte ich und musste grinsen.

»Bist du uns noch böse?«, wollte Anna wissen.

»Nein«, sagte ich. »Das Kleid roch wirklich ein bisschen komisch.«

Schlagartig normalisierte sich Annas Gesichtsfarbe. »Also lasst uns reingehen«, sagte sie. »Die Baumann wird immer gleich sauer, wenn man zu spät kommt.« Und dann hakte sie sich tatsächlich bei mir ein und wir gingen zu dritt ins Klassenzimmer.

Als ich mittags richtig gut gelaunt nach Hause kam, fand ich Emma heulend auf einer der Bänke am Sandkasten.

»Was ist denn mit dir los?«, fragte ich.

»Papa … Papa …« Emma musste so heftig schluchzen, dass sie kaum sprechen konnte.

Ich erschrak. Unser Vater hatte sich die ganze letzte Woche sonderbar verhalten. War morgens früh verschwunden und abends erst spät zurückgekommen, ohne zu sagen, wohin er ging. »Was ist mit Papa?«

»Er … Er … Er hat mich nicht von der Schule abgeholt! Ich habe ganz lange gewartet, aber er ist einfach nicht gekommen.«

»Warum bist du nicht zu Oma und Opa gegangen?«

»Bin ich ja!«, schluchzte Emma. »Aber die waren nicht zu Hause. Dann habe ich bei der Frau Wieland geklingelt, aber die war auch nicht da. Und die ganze Zeit ist der Kai hinter mir hergelaufen und hat ...«

»Welcher Kai?«

»Der ist in der dritten Klasse. Und der ärgert immer die Kleineren, die allein nach Hause gehen.«

Ich nahm Emma auf den Schoß und drückte sie fest an mich. »Hier kann dir dieser blöde Kai nichts tun«, flüsterte ich ihr ins Ohr. »Ich passe auf dich auf.«

Langsam beruhigte sich meine kleine Schwester und schniefte nur noch leise vor sich hin. »Und hier hat auch keiner aufgemacht! Und jetzt sitze ich schon sooo lange hier und habe Hunger! Und Durst habe ich auch!«

»Ich mache uns gleich was zu essen«, versprach ich.

Emma sprang von meinem Schoß und ich griff nach ihrer Schultasche und stand ebenfalls auf. Meine kleine Schwester schob ihre kalte Hand in meine, zog noch einmal die Nase hoch und sah wieder ganz zufrieden aus. Dafür hatte ich plötzlich das Gefühl, überhaupt keine Kraft mehr zu haben. Am liebsten hätte ich es gemacht wie

86

Emma. Hätte mich einfach auf die Bank gesetzt und geweint.

Emma, Mama und ich machten am Küchentisch Hausaufgaben, als die Wohnungstür geöffnet wurde.

»Hallihallo, jemand zu Hause?« Papas Stimme klang wie in alten Zeiten. Fröhlich und unbeschwert.

Meine Mutter sprang auf, als hätte sie einen elektrischen Schlag bekommen, und ging auf meinen Vater los, der lachend in der Küchentür stand.

»Bist du von allen guten Geistern verlassen, Udo? Wie kannst du Emma schon wieder ...«

»Emma«, sagte mein Vater. »Die hatte ich total vergessen. Aber das wird nicht mehr vorkommen. – Versprochen.« Er streckte meiner Mutter einen großen Strauß gelber Tulpen entgegen.

»Was ...?« Mamas Mund klappte auf und zu, wie bei einem Karpfen.

Papa holte auch die Linke hinter seinem Rücken hervor – mit einer Flasche Sekt. »Für die beste Frau der Welt.«

Meine Mutter wurde blass. »Erzähl mir nicht, dass es bei der Tafel Sekt und Tulpen gegeben hätte.«

»Meine Güte, die Tafel! Die habe ich auch vergessen.«

»Udo«, flüsterte meine Mutter, »wie kannst du ...«

»Mensch, jetzt macht doch nicht solche Gesichter! Freut euch ein bisschen mit mir!« Papas Augen glänzten beinahe fiebrig.

»Mit dir freuen?«

»Ja! – Ich habe heute meinen ersten Staubsauger verkauft! Das muss doch gefeiert werden!«

Weil meine Mutter dastand wie erstarrt, drückte mein Vater Emma die Tulpen und mir den Sekt in die Hand und bückte sich nach einer Einkaufstüte, die er im Flur abgestellt hatte. »Für die Kinder gibt es natürlich keinen Sekt«, sagte er und holte eine Riesenflasche Cola und zwei Dosen Chips aus der Tüte.

»Du hast einen Staubsauger verkauft?« Meine Mutter kam langsam wieder zu sich.

In diesem Moment stürmte Alex in die Küche. Er erfasste die Situation sofort. »Cola und Chips? Geil!«

»Na, wenigstens einer, der sich mit mir freut«, sagte Papa.

Nachdem meine Mutter eine Vase für die Tulpen gefunden und mein Vater Sekt und Cola kalt gestellt hatte, versammelte er uns im Wohnzimmer und verkündete feierlich: »Am ersten März fange ich wieder an zu arbeiten.«

»Echt? Super!«, jubelte Alex. »Dann kriege ich endlich neue Fußballschuhe!«

Meine Mutter warf ihm einen Blick zu, der deutlicher als alle Worte sagte, dass neue Fußballschuhe so ziemlich das Letzte waren, womit er rechnen sollte, dann sah sie ein wenig ungläubig meinen Vater an. »Verstehe ich das richtig, dass du Staubsaugervertreter wirst?«

Papas gute Laune war mit einem Schlag wie weggewischt. »Auch wenn das keine leitende Position ist, hätte ich doch ein bisschen mehr Begeisterung erwartet, Tanja.«

»Versteh mich nicht falsch, Udo! Natürlich freue ich mich! Das kommt nur alles so unerwartet.«

»Ich wollte nicht, dass du enttäuscht bist, falls das auch wieder nichts wird«, sagte mein Vater. »Aber es hat geklappt! Den Vertrag habe ich schon unterschrieben. Ich war jetzt ein paar Tage mit einem Kollegen unterwegs und heute habe ich selber einen Staubsauger mit sämtlichem Zubehör verkauft.« Nun strahlte er doch wieder. »Morgen gehe ich zum Arbeitsamt und melde mich ab. Dann muss ich nur noch bei der Stadt eine Reisegewerbekarte beantragen, damit ich selbstständiger Handelsvertreter bin. – Ein Auto habe ich auch schon ausgesucht. Den Leasingvertrag können wir morgen unterschreiben.«

»Ein Auto?«, riefen Mama und Alex wie aus einem Mund. Mein Bruder grinste übers ganze Gesicht, während meine Mutter aussah, als hätte Papa verkündet, er wolle Emma verkaufen.

»Dachtest du, ich könnte meinen Musterkoffer zu Fuß durch die Gegend schleppen? – Außerdem habe ich doch ständig wechselnde Einsatzorte. Das ist ohne Auto nicht zu machen«, erklärte mein Vater.

»Aber für einen Leasingvertrag müssen wir doch eine Anzahlung leisten. Woher sollen wir das Geld nehmen? Und wie sollen wir die Raten bezahlen?«

»Mein Vater ist bereit, seine Sparbriefe zu verkaufen und uns das Geld für die Anzahlung zu leihen. Und das mit den Raten kriegen wir schon irgendwie hin. Schließlich verdiene ich jetzt wieder.«

»Und du fängst am ersten März an?« Meine Mutter war mit ihren Gedanken schon wieder ein ganzes Stück weiter. »Das sind ja nur noch drei Tage.«

»Richtig! Ist das nicht wunderbar?«

»Aber das geht doch nicht, Udo! Was wird denn mit den Kindern, wenn ich im Kurs bin und du bei der Arbeit? Und im Mai beginnt mein Praktikum. Dann komme ich auch erst abends nach Hause.«

»Jessica und Alex sind ja wohl alt genug, um im Haushalt zu helfen«, sagte mein Vater.

Emma fing unvermittelt an zu schluchzen. »Muss ich dann alleine nach Hause gehen? Und der Kai …?«

»Welcher Kai?«, fragte Papa irritiert, doch Mama hatte Emma schon in den Arm genommen und streichelte ihr tröstend übers Haar. »Wir werden mit Oma und Opa sprechen«, sagte sie. »Bestimmt holt Opa dich ab, wenn wir ihm von diesem Kai erzählen. – Aber glaubst du denn, dass dir das liegt, Udo? Staubsauger zu verkaufen? Jeden Tag an fremden Türen zu klingeln?«

»Alles ist besser, als nutzlos zu Hause zu sitzen«, sagte mein Vater.

10

Das Wetter blieb *für die Jahreszeit zu mild*, wie es in den Nachrichten hieß, und zwei Tage später fragte Florian nach der Schule: »Wie wär's mit einer Stunde am Meer?«

Ich stutzte, dann begriff ich. »Warum nicht? Heute Nachmittag um drei?«

»Drei klingt gut«, sagte Flo.

Fünf Minuten vor drei fuhr ich mir vor dem Garderobenspiegel mit dem Kamm durch meine Zotteln und strich mit dem angefeuchteten Zeigefinger meine Augenbrauen glatt. Sofort stand Emma neben mir und fragte: »Wo gehst du hin?«

»Ich treffe unten jemanden aus meiner Klasse.«

»Kann ich mitkommen?«

Das fehlte mir gerade noch! »Nein. Wir reden bloß«, sagte ich. »Das ist total langweilig. – Warum klingelst du nicht bei Amina und fragst, ob sie mit dir spielt?«

Das dunkelhaarige kleine Mädchen war uns gestern im Treppenhaus begegnet, hatte Emma angestrahlt und »Hallo« gelispelt. Meine kleine Schwester tat allerdings, als hätte sie nichts gehört und gesehen, und erst als ich nachfragte, erfuhr ich, dass sie und Amina in dieselbe Klasse gingen.

»Ich will nicht mit Amina spielen. – Die riecht komisch.«

»Dann musst du eben allein hier oben bleiben.«

»Aber ich …«

»Schalt den Fernseher ein!« Ich hatte jetzt wirklich keine Zeit mehr. Immer zwei Stufen auf einmal nehmend, rannte ich nach unten. Alle Bänke vor dem Haus waren besetzt und von Flo konnte ich nirgends eine Spur entdecken. Eben wollte die Enttäuschung sich in mir breitmachen, da erhob sich eine unglaublich dicke Frau von ihrer Bank, suchte drei Kleinkinder mit milchkaffee- bis bitterschokoladefarbener Haut zusammen und wogte zum Haus. Sofort besetzte ich den Platz. Mein Herz schlug schneller, als ich wenig später Florians Stimme in meinem Rücken hörte: »Mach bloß nicht wieder Ärger, verstanden?«

Ich drehte mich um und sah gerade noch, wie

Sebastian seinem großen Bruder den Mittelfinger zeigte.

»Diese Jugend von heute hat einfach kein Benehmen mehr«, seufzte Flo und ließ sich neben mir auf die Bank fallen.

»Stimmt,« lachte ich. »Und keinen Respekt vor dem Alter.« Die Sonne schien, aber der Wind war frisch und ich fröstelte trotz meines Anoraks. Florian rutschte näher und legte mir einen Arm um die Schultern. »Besser?«

»Mh.« Tatsächlich konnte ich Flos Wärme durch sämtliche Stoffschichten spüren. Es war ein schönes Gefühl. Ich schloss die Augen und da passierte es wieder: Das Rauschen des Verkehrs verwandelte sich in Meeresrauschen, das Kindergeschrei gehörte zu einem sonnigen Strand, ich war im Urlaub.

»Gewöhnst du dich langsam ein?«, fragte Flo irgendwann.

»Geht so«, sagte ich. »Mein Vater fängt morgen wieder an zu arbeiten.«

»Heißt das, ihr zieht hier weg?«

Hieß es das? Gehofft hatte ich es ganz kurz, als Papa verkündete, er hätte wieder Arbeit. Doch wenn ich ehrlich war ... »Wohl kaum«, sagte ich. »Aber vielleicht können wir wenigstens wieder im Supermarkt einkaufen.«

Ich hörte Florian leise lachen. »Du hast ein echtes Tafel-Trauma, was?«

Meine Ohren wurden heiß und das kam nicht von der Sonne.

»Sieh's doch mal so«, sagte Flo. »Hier geht es um jede Menge einwandfreie Lebensmittel, die vernichtet würden, wenn wir sie nicht bekämen. Du tust also – global gesehen – etwas Gutes, wenn du zur Tafel gehst.«

Ich musste grinsen. »Aber peinlich ist es trotzdem, findest du nicht?«

»Lieber peinlich als hungrig.«

Ich blinzelte und begegnete Florians hellem Blick.

»'tschuldigung«, sagte ich. »Ich bin ein Idiot.«

»Schon okay. Ich hab mich die ersten Male auch nicht besonders wohl gefühlt.«

»Gehst du schon lange dorthin?«

»Bis vor Kurzem hat meine Mutter das gemacht. Aber seit Neuestem arbeitet sie bei einem Friseur, der montags geöffnet hat. Deswegen bleibt das jetzt an mir hängen. Zum Glück ist am Montag kein Nachmittagsunterricht – sonst hätten wir ein echtes Problem.«

»Deine Mutter arbeitet und ihr müsst trotzdem zur Tafel gehen?«

»Hast du eine Ahnung, was eine Friseurin verdient? Meine Mutter arbeitet von morgens bis abends fünf Tage pro Woche und liegt trotzdem unter dem Satz vom Arbeitslosengeld II.«

»Im Ernst?«

»Im Ernst.«

»Aber das ist doch ...«

»Eine Sauerei. Genau. – Immerhin ist der Staat so freundlich und legt ihr das, was zu ALG II fehlt, drauf.«

»Und dein Vater?«

»Der hat sich ziemlich früh mit der Verantwortung für eine Frau und zwei kleine Kinder überfordert gefühlt und ist abgehauen.«

»Einfach so?«

»Einfach so.«

»Aber er muss doch Unterhalt zahlen, oder?«

»Müsste er, aber dazu müsste man ihn erst mal finden.«

Ich schloss erneut die Augen, aber der Autolärm blieb Autolärm und kurz darauf sagte Florian: »Ich geh dann mal. Der Kluge schreibt bestimmt morgen in Physik 'nen Test. Da will ich lieber vorbereitet sein.«

»Wenn das so ist, lerne ich auch noch was. – He! Sind das Alex und dein Bruder?« Ich sah hinüber auf den großen Platz. Die beiden hatten mit zwei von den Einkaufswagen, die hier überall herumstanden, ein Tor markiert. Alex war Torwart und Sebastian nahm eben zu einem Gewaltschuss Anlauf.

»Pack schlägt sich, Pack verträgt sich«, stellte Florian trocken fest. »Bis morgen dann.«

»Bis morgen.«

Vor der Haustür sah ich mich noch einmal um. Florian wartete an der Kreuzung darauf, dass die Fußgängerampel auf Grün schaltete. Als hätte er meinen Blick gespürt, drehte er sich um und winkte mir zu.

Am Freitag in der zweiten Pause hielt ich mich wie meistens am Rand der Aula, zwirbelte eine Haarsträhne um meinen rechten Zeigefinger und überlegte, ob Lisa-Marie wohl schon eine neue beste Freundin gefunden hatte und ob Pascal noch an mich dachte. Hier in der Schule schienen sie so eine Art Geschlechtertrennung zu praktizieren. Die Mädchen blieben mehr oder weniger für sich und die Jungs genauso. Und weil ich das albern fand, hielt ich mich da ganz heraus und verbrachte meine Pausen meistens allein.

Jetzt jedoch kamen Anna und Jasmin zu mir herüber. »Wir wollen uns heute mit Julia und Katja *Mr. Bean* ansehen«, sagte Anna. »Hast du Lust mitzukommen?«

Ich ließ meine Haare los und bohrte die Fäuste in die Hosentaschen. »Eigentlich gern, aber ich … Wir … Wir kriegen heute Abend noch Besuch …«

»Und wie ist es morgen?«, fragte Jasmin. »Wir könnten auch morgen gehen.«

»Äh … Wahrscheinlich bleiben die bis Sonntag. Und meine Mutter kann es gar nicht leiden, wenn man sich verdrückt, solange Besuch da ist …« Der Pausengong bewahrte mich davor, noch länger herumlügen zu müssen. »Aber danke, dass ihr gefragt habt.«

»Schon okay.« Anna hakte sich bei Jasmin ein und die zwei schlenderten Richtung Klassenzimmer davon.

Emma war gerade ins Bett gegangen und meine Mutter und ich langweilten uns beim Freitagskrimi, als mein Vater nach Hause kam.

»Und, wie war's?«, rief Mama, als er im Flur seine Jacke auszog.

»Dieses Gebiet ist längst nicht so gut wie das, in dem ich mit dem Kollegen unterwegs war. Ich bin froh, dass ich jetzt mal zwei Tage lang keinen Staubsauger mehr sehen muss. – Was gibt es zum Abendessen?«

»Brote, was sonst?«, sagte meine Mutter. »Ich

glaube, es ist noch ein bisschen Käse da. Sonst musst du Marmelade nehmen.«

»Wieso gibt es eigentlich nicht mal mehr am Anfang des Monats etwas Vernünftiges zu essen?« Die Stimme meines Vaters klang gereizt.

»Darf ich dich daran erinnern, dass wir Leasingraten für ein Auto bezahlen müssen? – Und dass du am Montag lieber Sekt und Blumen gekauft hast, als zur Tafel zu gehen?« Auch meine Mutter klang nicht gerade freundlich.

»Dafür verdiene ich schließlich …«, setzte mein Vater an und verstummte dann plötzlich.

Ich sprang aus dem Fernsehsessel auf. »Ich muss noch mal raus. Hab was vergessen.« Ich war im Treppenhaus, bevor meine Eltern fragen konnten, was.

Es war feucht und kühl draußen, ein Wetter, bei dem man schon nach kürzester Zeit fröstelte. Besonders, wenn man wie ich ziellos durch die Gegend irrte. Jasmin, Anna und die anderen saßen jetzt bestimmt im Kino. Vielleicht hatten sie vorher noch irgendwo eine Latte macchiato oder bunte Cocktails geschlürft und lachten sich nun über Mr. Bean schlapp. Lisa-Marie war sicher wie jeden Freitag mit ihren Eltern zum Essen beim Italiener und Pascal kämpfte sich wahrscheinlich durch die Welt von Spellforce, während ich versuchte, die Gruppe megacooler Türkenjungs zu ignorieren, die an der Treppe zur U-Bahn herumlungerten und mir Dinge nachriefen, die ich zum Glück nicht verstand.

Was Florian wohl mit seinen Freitagabenden anfing? Ob er wusste, wie man ohne Geld am Wochenende Spaß haben konnte?

Aus der Kneipe an der Ecke dröhnte Rockmusik und ein paar Häuser weiter verhandelten drei Männer mittleren Alters mit zwei mindestens ebenso alten Frauen in kurzen Röcken und sehr knappen Oberteilen. Einer der Typen starrte mich mit glasigen Augen an und streckte die Hand nach mir aus.

Ich machte einen Schritt zur Seite und rannte über die Straße. Mein Bedarf an Frischluft war schlagartig gedeckt. Lieber hörte ich mir das Gekeife daheim an, als mich von irgendwelchen ekligen Kerlen mit den Augen ausziehen zu lassen. Ich passierte den hohen Bretterzaun, hinter dem in einem vermüllten Grundstück eine alte Villa langsam verfiel. Mitten im Zaun fehlte ein Brett und ich spähte neugierig durch die Lücke. Im Schein der Straßenlaternen sah ich zwei schmale Gestalten durch Gestrüpp und Unrat auf das Haus zuhuschen. Eine von ihnen hatte blonde Cornrows und die andere trug eine helle Strickmütze, die genauso aussah wie die von Alex.

11

Im Lauf der nächsten Wochen pendelten wir uns auf einen neuen Rhythmus ein. Gleich nach dem Frühstück machte mein Vater sich mit seinem Musterkoffer auf den Weg und kurz danach hetzte meine Mutter zu ihrem Kurs. Ich schleppte Emma zur Schule und stieg eine Station später als bisher in die U-Bahn. Immer öfter sah ich an der Endhaltestelle Alex mit Sebastian und einigen anderen Jungs im gleichen Alter zusammenstehen. Keiner von ihnen schien es besonders eilig zu haben, in den Unterricht zu kommen.

Wahrscheinlich hätte ich mit meinen Eltern darüber reden sollen, aber die hatten auch so schon genug Sorgen. Also hielt ich den Mund.

Jeden Tag nach der Schule holte ich Emma bei unseren Großeltern ab. Sie hatte dann schon gegessen, aber es war meine Sache dafür zu sorgen, dass sie ihre Hausaufgaben erledigte. Alex tauchte immer nur kurz auf, knallte seinen Schulrucksack in eine Ecke, suchte sich irgendetwas zu essen und zog wieder los. Pünktlich zum Abendessen stand er dann erneut auf der Matte, meistens mit einem Riesenhunger.

Ab sechs, halb sieben brüteten Mama, Alex und ich am Küchentisch über unseren Hausaufgaben, während Emma ein wenig fernsehen durfte. Alex war mit seinen Aufgaben immer schnell fertig und hin und wieder bequemte er sich dann, mit Emma eine Runde *Fang den Hut* zu spielen. Viel lieber jedoch saß er am Computer und vertiefte sich in irgendwelche Gangsta-Rap-Seiten.

Meinen Vater sahen wir meistens erst gegen neun Uhr wieder, wenn ihm auch die letzten Berufstätigen versichert hatten, dass sie keinen neuen Staubsauger brauchten. Er war dann ganz grau vor Müdigkeit und kaum ansprechbar, wärmte sich nur sein Essen auf und verzog sich vor den Fernseher.

Ich bekam regelmäßig Gänsehaut, wenn ich ihn so sah.

Zwei Wochen vor den Osterferien holte ich Rechnungen und Werbeblätter aus unserem Briefkasten, als mir ein knallroter Umschlag vor die Füße fiel. Ich hob ihn auf. Der Brief war für mich, die

Adresse am PC ausgedruckt. Ein Absender fehlte.

Mein Herz schlug schneller. Ich fuhr mit dem kleinen Finger unter die Lasche und riss den Umschlag auf. Eine Sonnenblume vor einem azurblauen Himmel leuchtete mir entgegen.

Will nicht Geschenke, will nicht Kuchen,
ich will nur, du sollst mich besuchen.

Lisa-Marie hatte einen ihrer grässlichen Reime fabriziert und ein breites Grinsgesicht daneben gemalt. Ich musste sofort mitgrinsen.

Sicher hast du nicht vergessen, dass ich am 30. März Geburtstag habe, schrieb sie weiter. *Und weil das auch noch der letzte Schultag vor den Osterferien ist, gibt es Party bis zum Abwinken. Vor Sonntag lasse ich dich nicht nach Hause! Absagen werden nicht akzeptiert!!* Auf die Rückseite der Einladung hatte sie eine Streifenkarte für die S-Bahn getackert und darunter geschrieben: *Damit du auch wirklich kommst!!!*

Ich würde Lisa-Marie, Pascal und die anderen wiedersehen. Genial!

Meine gute Laune ließ erst ein wenig nach, als ich überlegte, was ich anziehen sollte. Seit Monaten trug ich nichts anderes, als Jeans und Sweatshirts, von denen ich mir im Sonderangebot ein halbes Dutzend gekauft hatte. Das fand ich einigermaßen cool, aber auf eine Geburtstagsfete konnte ich so unmöglich gehen. Ob meine Mutter mir etwas aus ihrem Kleiderschrank leihen würde? Noch wichtiger als die Kleiderfrage war es allerdings, ein Geschenk für Lisa-Marie zu finden. Auch wenn sie ausdrücklich nichts haben wollte, würde ich auf keinen Fall mit leeren Händen auf ihrer Feier erscheinen. Als ich die Einladung zum dritten Mal las, hatte ich eine Eingebung: Ich würde einen Gugelhupf backen. Nach Omas Rezept. Den hatte Lisa früher für ihr Leben gern gegessen und die nötigen Zutaten konnte ich sicher bei der Tafel bekommen.

Ich hatte zwar noch nie selbst gebacken, aber so schwer konnte das ja nicht sein. Ich musste mir nur von Oma das Rezept besorgen.

»Hoffentlich hast du heute ein bisschen Zeit mitgebracht«, empfing meine Großmutter mich, als ich Samstagnachmittag klingelte. »Du bist immer so schnell weg, wenn du Emma holst ...«

»Heute habe ich so viel Zeit, wie du willst.« Ich schnupperte. »Hast du gebacken?«

»Ja. Als ob ich geahnt hätte, dass ich Besuch bekomme. Trinkst du Kaffee mit mir oder möchtest du lieber Kakao?«

»Lieber Kakao.«

Ich setzte mich in der Küche an den altmodischen Holztisch und sah zu, wie Oma Milch aufsetzte und Kakaopulver mit ein wenig Zucker verrührte. Der Kuchenduft ließ mir das Wasser im Mund zusammenlaufen.

»Nimm dir ruhig schon ein Stück«, sagte Oma.

Das ließ ich mir nicht zweimal sagen und schnitt großzügig in den goldgelben Käsekuchen. »Wo ist Opa eigentlich?«

Oma seufzte. »Der hat sich hingelegt. Hat wieder mal die ganze Nacht am Computer gesessen.«

»Was macht er da denn so lange?« Ich stellte mir vor, wie mein Großvater nachts gegen andere Rentner Counterstrike spielte, und musste kichern.

»Das ist nicht komisch, Jessica.« Meine Großmutter wurde richtig ärgerlich. »Du kannst dir nicht vorstellen, wie viel Geld er inzwischen bei diesem eBay für ›Schnäppchen‹ ausgibt! Ich weiß im Moment kaum, wie wir bis zur nächsten Rentenzahlung über die Runden kommen sollen. Manchmal frage ich mich, ob das überhaupt noch normal ist. Ich bin so froh, dass Emma jetzt die Nachmittage bei uns verbringt. Dann ist Fritz wenigstens für ein paar Stunden von dieser Kiste abgelenkt.« Oma lächelte leise. »Wenn Emma Märchen vorgelesen haben will, kann nicht einmal er ›Nein‹ sagen. – Aber jetzt lass uns Kaffee trinken. Nimm dir noch ein Stück Kuchen. Du bist viel zu dünn.«

»Ich kann wirklich nicht mehr«, protestierte ich, als Oma mir noch ein drittes Stück aufdrängen wollte. »Aber du könntest mir das Rezept für deinen Gugelhupf geben. Ich will Lisa-Marie zum Geburtstag einen backen.«

»Das ist eine gute Idee. Meinen Gugelhupf hat sie immer besonders gern gegessen. – Weißt du was? Du könntest für mich in den Keller gehen und die leeren Flaschen runterbringen. Meine Knie tun mir im Moment wieder besonders weh. Und dann bringst du Mineralwasser mit und für Opa zwei Flaschen Bier. In der Zwischenzeit schreibe ich dir das Rezept auf.«

»Klar.« Ich holte den Flaschenträger unter der Spüle hervor. »Brauchst du sonst noch etwas?«

»Ach ja. Bring doch gleich noch eine Dose weiße Bohnen mit. Dann muss ich morgen früh nicht extra hinunter.« Oma räumte das Kaffeegeschirr ab, setzte ihre Brille auf und holte Papier und Bleistift aus der großen Küchentischschublade.

107

Als ich die Tür zum Kellerabteil meiner Großeltern öffnete, stolperte ich fast über einen riesigen Karton. Ich machte Licht und versuchte dann, das Hindernis beiseite zu schieben. Es war sperrig und schwer und ich wurde sofort neugierig. Ich hob den Deckel des Kartons ein wenig an. Bücher. Riesige alte Bücher mit Goldschnitt. Das musste das Konversationslexikon sein, das Opa ersteigert hatte. Ich klappte den Deckel wieder zu und griff nach einer Dose mit weißen Bohnen. Dabei entdeckte ich einen zweiten, etwas kleineren Karton, ganz unten im Vorratsregal. Auch er war nur provisorisch verschlossen, sodass ich der Versuchung nicht widerstehen konnte und hineinsah. Schmetterlinge. Arme aufgespießte Falter hinter Glas. Ich schauderte und wollte den Karton zurück an seinen Platz schieben, als mein Blick auf etwas fiel, das nach eingeschweißten DVDs aussah. Ungläubig zog ich das Päckchen, das zwischen den Rahmen mit Schmetterlingen steckte, hervor. Die neueste Staffel *O.C. California*. Originalverpackt. Wie kam die denn hierher? Meine Großeltern hatten doch nicht einmal einen DVD-Player!

Ich machte den Karton wieder zu, tauschte die leeren Flaschen aus dem Korb gegen volle aus, löschte das Licht und zog die Tür hinter mir ins

Schloss. Doch ich drehte den Schlüssel nicht um, sondern kaute unentschlossen auf meiner Unterlippe. Schließlich ging ich noch einmal zurück in den Keller und nahm auch die DVDs mit nach oben.

»Ich dachte schon, du hättest dich verlaufen. Was hast du denn so lange da unten gemacht?«

»Spioniert«, gab ich zu und legte die DVDs auf den Küchentisch.

»Ach, habe ich die mit hinuntergeräumt? Das ist mir gar nicht aufgefallen. Ich konnte nur diese toten Tiere nicht mehr sehen und wollte endlich wieder Platz im Wohnzimmer haben«, sagte Oma mit gerunzelter Stirn. »Nimm das mit, Jessica.«

»Wirklich?«

»Natürlich. Wir brauchen solchen Kram doch nicht. Fritz wollte dir die sicher schenken und hat es dann vergessen. Das passiert ihm öfter in letzter Zeit.«

Ich hatte mir zwar noch nie *O.C. California* angesehen, aber trotzdem fand ich es süß, dass Opa die Staffel für mich ersteigert hatte. Und dann fiel mir ein, dass Lisa-Marie ein totaler O.C.-Fan war. Ich hatte also auf einmal ein richtig gutes Geburtstagsgeschenk!

»Hier ist das Rezept. Willst du auch die Back-
form mitnehmen? Oder habt ihr selbst eine Gu-
gelhupf-Form?«

Ich brachte es nicht übers Herz, Oma zu sagen,
dass ich keinen Kuchen mehr backen musste. Ich
nickte einfach, ließ mir alles in eine große Tasche
packen und machte mich bester Laune auf den
Heimweg.

12

»Sag mal, Emma, weißt du, wo das Geschenkpapier ist?« Seit einer Viertelstunde stellte ich die Wohnung auf den Kopf – vergeblich.

»Was für Geschenkpapier?« Meine kleine Schwester saß am Küchentisch, kaute auf ihrem Bleistift herum und sah mir interessiert zu.

»Lass das«, sagte ich und schlug ihr den Stift aus dem Mund. »Du weißt genau, dass du keinen neuen kriegst, wenn du den hier aufgefuttert hast. – Kannst du mir wirklich nicht sagen, wo ich Geschenkpapier finde?«

Emma zog eine Schnute.

Ich warf einen Blick in Alex' Kammer, obwohl das natürlich Blödsinn war. Mein Bruder hatte in seinem Leben noch kein Geschenk selbst verpackt. Als ich die Tür eben wieder zuschlagen wollte, entdeckte ich etwas auf Alex' Kopfkissen, das mich stutzen ließ. Ich sah genauer hin. Tatsächlich. Da lag ein nagelneuer iPod. Woher hatte er den denn? Von Opa? Irgendwie kam mir die Sache komisch vor, doch ich hatte keine Zeit, darüber nachzudenken. Ich brauchte unbedingt etwas, um das Geschenk für Lisa-Marie einzupacken.

Nachdem ich eine weitere Viertelstunde erfolglos gesucht hatte, begriff ich, dass ich die DVDs wohl oder übel in Alufolie einwickeln musste. Ich tröstete mich damit, dass es schließlich auf den Inhalt ankam.

Freitagnachmittag saß ich in der S-Bahn zu Lisa-Marie, guckte aus dem Fenster und war einfach nur glücklich. Der Winter hatte noch ein kurzes Gastspiel gegeben, doch pünktlich zum Ferienanfang war es Frühling geworden. In den Gärten rechts und links der S-Bahn-Strecke blühten Forsythien und rosa Blutpflaumen um die Wette und an den Büschen neben den Gleisen wagten sich erste grüne Blättchen hervor. Ich hatte beinahe vergessen, wie schön es hier draußen war.

Doch je näher die Haltestelle rückte, an der ich aussteigen musste, desto flauer wurde mir im Magen. Ich hatte nicht daran gedacht, dass der Weg zu Lisa-Marie unweigerlich an unserem Haus vorbeiführte.

Als ich aus der Unterführung heraufkam, waren mir die Schneeglöckchen, die Krokusse und Primeln in den Gärten völlig egal. Ich richtete meinen Blick starr zu Boden und marschierte los wie ein Roboter. Doch ich hatte keine Chance. Ich wusste zu gut, wo unser Haus stand. Noch fünf Schritte, noch vier, noch drei … Es zog meinen Blick magisch an. Noch zwei Schritte, noch einer – da! Mein Fenster. Mein Zimmer hinter fremden Gardinen. Alex' Basketballkorb am Carport, das Netz halb heruntergerissen. Ein großer Topf mit Primeln, Osterglocken und einem lachenden Osterhasen auf der Treppe. Ein Kranz aus bunt bemalten Eiern an der Haustür. Genauso hatte auch Mama den Eingang immer geschmückt.

Ich ging schneller. Fing an zu rennen. Bekam Seitenstechen und Schluckauf. Stand wenig später keuchend vor dem Haus von Lisa-Maries Eltern. Schluchzte fast, als ich auf den Klingelknopf drückte.

Die Tür flog auf und Lisa-Marie zog mich über die Schwelle. »Da bist du ja endlich! Ich freue mich so! Komm mit rauf. – Mensch, du bist ja total blass! Wir müssen dich unbedingt schminken, bevor die Party losgeht!« Sie nahm mir das Alufolienpäckchen und meinen Anorak ab, ließ beides aufs Bett fallen und musterte mich ungläubig. »He, wie bist du so dünn geworden? Das ist ja unglaublich!«

»Keine Süßigkeiten mehr«, sagte ich.

»Echt? Das schaffst du? Könnte ich nie! – Hast du noch was anderes zum Anziehen dabei?«

Ich holte das schwarze T-Shirt mit Strassapplikationen aus dem Rucksack, das Mama mir geliehen hatte.

»Nicht schlecht! Alle Jungs werden sich nach dir umsehen – und dabei ist das meine Party!« Lisa-Marie zog die Stirn kraus. »Mach dich ja nicht an Chris ran, hörst du? Den hab ich für mich eingeladen. Pascal ist für dich.« Sie kicherte. »Der hat sich fürchterlich geziert. Hat erst zugesagt, als ich ihm verraten habe, dass du kommst. Bei Chris war das viel leichter. Der hat sofort Ja gesagt. Meinst du, das hat was zu bedeuten?«

»Äh …«

»Mensch, ich bin ja so doof! Woher sollst du das wissen?« Sie zog mich ins Bad. »Jetzt müssen wir erst mal was mit deinem Gesicht machen. Und mit deinen Haaren. Hast du dir die Wimpern getuscht? Nein? Das ist gut. Ich habe nämlich einen neuen Mascara. Das reinste Wundermittel. Kostet zwar ein Vermögen, aber das ist er wert. Der macht riesengroße Augen.«

Lisa-Marie fiel mit dem Mascara-Bürstchen über meine Wimpern her, knetete mir Tonnen von Styling-Schaum ins Haar und verpasste mir zum Schluss einen schwarzen Lidstrich, vor dem ich fast erschrak.

»Du siehst super aus!«, erklärte sie und trotz des Monsterlidstrichs fand ich, dass sie recht hatte.

»Jessie, toll, dass du auch da bist!«

»Mensch, Jessica, wir haben dich ja so lange nicht gesehen! Geht's dir gut?«

»Klasse, dass du kommen konntest. Wie ist die neue Schule?« Sabrina, Ramona, Katie. Küsschen hier, Küsschen da.

»Hi, Jess!« Pascal wurde rot, dann umarmte er mich und küsste mich ebenfalls auf beide Wangen. War das mein Mountainbike-Kumpel? Der Junge, der meine Fantasy-Romane las und mir seine lieh? Wann hatten sie bloß mit dieser albernen Küsserei angefangen? Ich wischte mir unauffällig über die Wangen und beobachtete, wie Lisa-Marie sich Christian krallte und ihn abknutschte. Dann stand Pascal auch schon wieder vor mir, mit zwei Flaschen Bier-Limo-Mix in der Hand. Wir stießen an und tranken einen Schluck.

»Ich habe übrigens ein neues Mountainbike«, sagte Pascal. »Hab ich von meinem Konfirmationsgeld gekauft. Echt irre, wohin man damit überall kommt.«

»Mh.« Ich versuchte, interessiert zu wirken.

»Bleibst du wirklich bis Sonntag? Dann könnten wir mal zusammen eine Runde fahren. Was meinst du?«

»Ich habe mein Rad doch nicht dabei.«

»Egal. Du kannst mein altes haben.« Pascal nahm einen langen Schluck aus seiner Flasche. »Sorry«, sagte er, als er sah, dass ich nichts trank. »Hättest du lieber was anderes gehabt?«

»Schon okay.« Das Zeug war kalt und schmeckte nicht übel.

»Bin gleich wieder da.« Pascal verschwand nach nebenan, wo Kevin aus der Parallelklasse CDs auflegte. Er spielte in der Schulband Cover-Rock, stand auf Oldies und versuchte offenbar, uns ebenfalls dafür zu begeistern. Der Sound jedenfalls erinnerte stark an die Feten meiner Eltern.

Ich ließ mich auf einen der beiden Sitzsäcke fallen, die letztes Jahr noch zur Einrichtung von

116

Lisas Zimmer gehörten, jetzt aber offenbar ausrangiert worden waren. Auch zwei alte Sofas standen hier unten im Keller und Lisa hatte es irgendwie geschafft, Chris auf einem davon zu platzieren und sich selbst daneben. Sie sah nicht aus, als wollte sie sich im Lauf des Abends noch einmal von dort wegbewegen.

»Wie viel hast du eigentlich zur Konfirmation gekriegt?« Neben mir hatten Ramona und Katie sich auf den zweiten Sitzsack gequetscht.

»Fast zweitausend«, lachte Katie. »Und du?«

»Tausendfünfhundert. Für einen Roller reicht das gerade. Ich find's nur blöd, dass man die Dinger erst mit sechzehn fahren darf. Aber Mofas sind so albern, dass ich lieber noch ein Jahr warte.«

»Ich würde mir ja gern einen Plasmafernseher kaufen«, verriet Katie. »Aber meine Eltern drehen durch, wenn ich alles Geld auf einmal ausgebe.«

»Das mit dem Roller hab ich meinen auch noch nicht erzählt. Das gibt sicher Stress. – Schließlich ist Rollerfahren ja so gefährlich.« Sie verdrehte die Augen. »Jetzt mache ich erst mal den Tanzkurs und dann sehe ich weiter ... – Wie war eigentlich deine Konfirmation, Jessie?«

»Ich bin doch katholisch«, murmelte ich und

117

wäre am liebsten im Boden versunken. »Ich hab vor zwei Jahren Firmung gehabt.«

War es da auch schon so gewesen? Hatten wir verglichen, wer mehr Geld bekommen hatte, und überlegt, wie wir es schnellstmöglich wieder ausgeben konnten? Ich wusste es wirklich nicht mehr. Über Geld hatte ich mir früher kaum Gedanken gemacht. Warum auch? Es reichte schließlich immer für das, was wir gern haben wollten.

»Hast du Lust zu tanzen?« Pascal erlöste mich.

»Gern.« Ich stellte meine Flasche beiseite und ließ mich hochziehen. Auf der »Tanzfläche« im Nebenraum dröhnte die Musik so laut, dass man sich unmöglich unterhalten konnte – dachte ich. Doch Pascal schaffte es trotzdem, sich Gehör zu verschaffen. »Machst du eigentlich auch einen Tanzkurs?«, brüllte er mir ins Ohr.

Ich schüttelte den Kopf.

»Du hast es gut! In unserer Klasse gibt es kein anderes Thema mehr. Nach den Ferien geht es los. Meine Mutter besteht darauf, dass ich mitmache. Sie will unbedingt beim Abschlussball mit mir tanzen.« Pascal zog eine Grimasse.

In diesem Moment guckte Kevin zu uns herüber, blinzelte und schaltete auf eine langsame

Runde um. Ich wollte wieder nach nebenan gehen, doch Pascal hielt mich fest.

»Warum eigentlich nicht?«, dachte ich und
legte ihm die Arme um den Hals. Erst jetzt fiel
mir auf, wie sehr er gewachsen war. Letztes Jahr
wären wir uns noch mit den Nasen in die Quere
gekommen, doch nun konnte ich den Kopf an
seine Schulter legen und das tat ich auch. Er roch
gut. Nach irgendeinem teuren Herrenduft. Ich
schloss die Augen und wollte mich mit der Musik treiben lassen, doch Pascal sagte dicht an meinem Ohr: »Weißt du, dass ich dich beneide? Es
muss toll sein, mitten in der Stadt zu wohnen. Im
Sommer geht es hier ja noch. Da kann man biken
und schwimmen und Tennis spielen. Aber insge-
samt ist es doch ziemlich öde. Und es nervt total,
dass man immer erst mal in die S-Bahn steigen
muss, wenn man was Richtiges unternehmen
will ...«

»Du hast ja keine Ahnung«, dachte ich noch
ganz freundlich und dann hielt ich es auf einmal
nicht mehr aus. Ich machte mich los und rannte
die Kellertreppe hinauf. Vor der Gästetoilette
standen zwei Mädchen, die ich nur vom Sehen
kannte. Wahrscheinlich gehörten sie zu Lisas
Konfirmandengruppe. »Ist besetzt«, sagten sie
im Chor und musterten mich von Kopf bis Fuß.

Neben ihren perfekt sitzenden Hüftjeans und den bauchfreien Tops fühlte ich mich plötzlich in meinem geliehenen Glitzershirt richtig schäbig. Ich spurtete die Treppe in den ersten Stock hinauf und stieß fast mit Lisa-Maries Mutter zusammen. »Ist alles in Ordnung, Jessica? Du bist so blass …«

»Mir geht's gar nicht gut«, sagte ich. »Hab wohl heute Mittag etwas Falsches gegessen. Ich glaube, ich muss nach Hause.«

»Das ist jetzt aber ganz ungünstig.« Frau Töpfer zauberte ein paar bekümmerte Stirnfalten in ihr Gesicht. »Ich möchte im Moment nur ungern hier weg. Du weißt schon: Vertrauen ist gut, Kontrolle ist besser.« Sie zwinkerte mir verschwörerisch zu. »Warum legst du dich nicht einfach ein bisschen hin? Bestimmt bist du in einer halben Stunde wieder okay. Wäre doch zu schade, wenn du Lisas Party verpassen würdest. Sie hat sich so auf dich gefreut.«

»Ja«, murmelte ich. »Vielleicht sollte ich das tun.« Ich zog Lisa-Maries Zimmertür hinter mir zu und warf mich auf ihr Bett. Dabei landete ich auf etwas Hartem. Mein Päckchen! Es lag noch immer ungeöffnet dort, wo Lisa es hatte fallen lassen. Tränen schossen mir in die Augen. Hatte ich mir wirklich eingebildet, ich hätte hier noch etwas zu suchen? Ich wollte nur noch nach Hause. Jetzt. Sofort. Und ich würde nicht mit Frau Töpfer darüber diskutieren.

Vor dem Fenster stand ein alter Kirschbaum, in dem Lisa und ich vor zwei Jahren noch herumgeklettert waren. Ich wusste, dass man das Haus auf diesem Weg spielend leicht verlassen konnte.

In Lisa-Maries Schreibtisch fand ich einen Schmierblock und einen Kuli. *Liebe Lisa,* kritzelte ich, *danke für die Einladung. Ich weiß, du hast es gut gemeint, aber ich passe hier nicht mehr rein. Bitte sei nicht böse und entschuldige mich auch bei deinen Eltern, Jessie.* Dann schlüpfte ich in meinen Anorak, schwang meinen Rucksack auf die Schultern und öffnete das Fenster. Das Licht der Straßenlaternen fiel bis in den Garten, sodass ich sehen konnte, wohin ich meine Füße setzen musste. Ich hockte mich auf die Fensterbank, griff nach einem Ast und zog mich hinaus. Wenige Augenblicke später hatte ich wieder festen Boden unter den Füßen. Ich schlich mich zur Straße und rannte zur S-Bahn-Haltestelle. Dort wartete ich fröstelnd zwanzig Minuten auf den Zug zurück in die Stadt.

»Jessica, was machst du denn für Sachen? – Frau Töpfer hat eben angerufen. Sie war ganz aufgelöst, weil du einfach verschwunden bist. Und Lisa-Marie muss außer sich sein. Was ist denn passiert?«

»Ich möchte nicht darüber reden«, sagte ich und ging ins Bett.

13

Ich fühlte mich schon lange nicht mehr fremd, kannte etliche der Gesichter, lächelte zurück, wenn ich angelächelt wurde. Die freiwilligen Helfer begrüßten mich wie eine alte Bekannte. Außerdem kam ich schon lange nicht mehr mit Stofftaschen hierher. Bei Oma im Keller hatten wir einen alten Einkaufstrolley aufgestöbert, mit dem es wesentlich leichter war, die Lebensmittel nach Hause zu transportieren.

Es wäre also ein ganz normaler Montagnachmittag gewesen, wenn nicht auf dem letzten Tisch die Paletten mit gefärbten Eiern gestanden hätten. Und wenn die Frau an der Kasse mir nicht zusammen mit dem Wechselgeld einen Schokohasen in die Hand gedrückt hätte.

»Frohe Ostern«, sagte sie. »Nächsten Montag sind wir natürlich nicht da. Aber in der Woche darauf, gibt es sicher reichlich Schokolade.«

Wie betäubt trat ich hinaus auf die Straße.

Wir hatten Osterferien – wie hatte ich da vergessen können, dass am Wochenende Ostersonntag war? Hatte überhaupt irgendjemand in unserer Familie daran gedacht? Emma ganz sicher. Emma erwartete hundertprozentig, dass der Osterhase am Sonntag bunte Eier und Berge von Schokolade für sie verstecken würde. Aber meine kleine Schwester hatte schließlich auch nicht gehört, wie meine Eltern sich am Abend vorher unterhalten hatten.

»Drei Staubsauger habe ich verkauft«, hatte mein Vater gesagt. »Drei Staubsauger in einem Monat!«

»Das wird schon noch«, sagte meine Mutter sanft. »Wenn du den Bogen erst mal raus hast ... Und vielleicht ist das nächste Gebiet besser ...«

Mein Vater stöhnte und mir wurde schwummerig.

»Ich habe einen Riesenfehler gemacht, Tanja. – Manchmal glaube ich, ihr wärt ohne mich viel besser dran.«

»Wie kannst du so etwas sagen, Udo?« Mamas nächste Worte verstand ich nicht, dafür hörte ich meinen Vater umso deutlicher.

»Ich bin doch ein vollkommener Versager. Nichts mache ich richtig. Jeder andere hätte sich erst einmal ganz genau erkundigt. – Zum Beispiel danach, ob er Anspruch auf Überbrückungsgeld hat. – Und ich …«

»Du wolltest arbeiten. Das ist doch verständlich! Wer weiß, vielleicht können wir dieses Überbrückungsgeld immer noch beantragen. – Und zahlt nicht die ARGE die Differenz zum Arbeitslosengeld?«

»Bei Selbstständigen? Das kann ich mir nicht vorstellen.« Mein Vater stöhnte wieder. »So kann es jedenfalls nicht weitergehen …«

Mit wild klopfendem Herzen war ich zurück in unser Zimmer geschlichen und hatte fast die ganze Nacht wach gelegen.

»He, was machst du denn für ein Gesicht? Gibt es heute nichts Vernünftiges?« Florian riss mich aus meinen Gedanken. Wir begegneten uns inzwischen regelmäßig auf dem Weg von und zur Tafel.

»Am Wochenende ist Ostern«, sagte ich.

»Stimmt. Und?«

»Emma erwartet sicher, dass der Osterhase etwas für sie versteckt. Das hat er schließlich immer getan.«

»Scheiße«, sagte Florian.

»Genau.«

Schon von Weitem hörte ich die schrillen Schreie. Auf der Brachfläche vor unserem Block lief wieder einmal ein Einkaufswagenrennen. Diese Einkaufswagen waren das Erste gewesen, das mir beim Umzug hierher auffiel. Überall standen sie herum. Einzeln oder auch zu mehreren, auf Gehwegen und an Straßenecken, in Hauseingängen und Hinterhöfen. Ich hatte ziemlich lange gebraucht, bis ich begriff, dass die Leute, die hier wohnten, damit ihre Einkäufe oder den Alkoholvorrat fürs Wochenende transportierten und sie dann einfach stehen ließen.

»Nein! Neeeiiiin!« Die dünne kleine Stimme schnitt wie ein Messer durch den warmen Nachmittag. Ich ließ den Trolley stehen und rannte, stürmte auf den Platz, als die Wagenlenker gerade die Wendemarke umrundeten. Alex raste auf mich zu. In seinem Wagen kauerte Emma und schrie aus Leibeskräften.

Sebastian war den beiden dicht auf den Fersen. Der kleine dunkelhäutige Junge in seinem Wagen klammerte sich krampfhaft an den Seitenteilen fest, grinste dabei aber übers ganze Gesicht.

Als Alex mich sah, bremste er so abrupt, dass er die Kontrolle über seinen Wagen verlor und Emma hinausgeschleudert wurde.

»Bist du vollkommen wahnsinnig geworden?«

Ich hatte nicht gewusst, dass ich so brüllen konnte. »Ich habe gesagt, du sollst auf Emma aufpassen, nicht sie umbringen!«

»Ist doch nichts passiert.« Alex versuchte, sein schlechtes Gewissen mit Coolness zu überspielen.

»Nichts passiert?«

Emma lag zusammengekrümmt auf der Erde und schluchzte herzzerreißend. Ich hockte mich neben sie. »Kannst du aufstehen, Küken?«

»Sie wollte doch mitspielen«, meldete Sebastian sich zu Wort.

»Ja.« Der kleine schwarze Junge, der inzwischen aus seinem Wagen geklettert war, nickte. »Und dann hat sie Angst gekriegt. Aber da konnten wir doch nicht mehr anhalten!«

»Ich wollte überhaupt nicht mitspielen!« Wie der Blitz war Emma wieder auf den Beinen und funkelte die Jungs an. »Alex hat mich einfach in den Wagen gesetzt!«

Ihre Jeans waren an den Knien abgewetzt und ihre linke Handfläche aufgeschürft, sonst schien ihr nichts zu fehlen.

»Du gehst jetzt rauf«, sagte ich zu Alex. »Und wenn ich noch einmal mitkriege, dass du dich so um Emma kümmerst, kannst du was erleben.«

Alex sah aus, als wollte er sich am liebsten auf

127

den Boden werfen und mit den Füßen trampeln, aber dann zog er doch ab. Sebastian und der kleine Junge machten sich in die entgegengesetzte Richtung davon.

Ich klopfte Emma den Staub von der Hose. »Alles okay?«

Sie schniefte, wischte sich über die Nase und nickte zögernd.

»Dann komm mit.«

Emma schob ihre Hand in meine und zusammen überquerten wir den großen Platz. Der Einkaufstrolley stand immer noch dort, wo ich ihn zurückgelassen hatte. Ich atmete auf. Dass sich jemand den Großteil unseres Wochenvorrats unter den Nagel riss, hätte mir gerade noch gefehlt.

»Was hast du alles gekriegt?« Neugierig schlug Emma die Klappe des Trolleys zurück und bekam riesengroße Augen. Bevor ich es verhindern konnte, holte sie den in bunte Alufolie gewickelten Schokohasen hervor, packte ihn aus und biss ihm die Ohren ab. Nun gab es nur noch ein paar gefärbte Eier, die Mama am Sonntag verstecken konnte.

Natürlich hätte ich es wissen müssen. Hinterher war mir das klar. Aber vorher, da kreisten meine Gedanken wie ein rasendes Kettenkarussell nur darum, dass Emma kein richtiges Osterfest haben würde. Doch natürlich hätten Oma und Opa das niemals zugelassen. Ich weiß nicht, wie sie das Geld zusammengekratzt hatten. Vielleicht hatten sie wochenlang von Linsen und Bohnen aus der Dose gelebt. Auf jeden Fall brachte Oma zu Ostern ein Festessen für die ganze Familie auf den Tisch und Emma stieß überall in der Wohnung auf gut gefüllte Osternester. Ihr Jauchzen hallte durch sämtliche Räume.

Alex hätte sich lieber die Zunge abgebissen, als zuzugeben, dass er auch gerne Ostereier gesucht hätte. Er saß mit Opa vor dem PC und zeigte ihm scheinbar die Online-Version eines Fußballspiels. Aus den Augenwinkeln beobachtete er unsere kleine Schwester und mit jedem ihrer Jubelrufe wurde sein Gesicht länger und länger.

Oma, die Emma dicht auf den Fersen blieb, damit die auch wirklich jedes Osternest fand, sah sich das alles mit leisem Lächeln an. Als Emma schließlich auch das letzte Versteck entdeckt hatte, kam unsere Großmutter mit zwei Nestern voll bunter Eier und je einem großen Schokoladenhasen ins Wohnzimmer. Sie sagte: »Ich habe hier noch etwas, das ich nicht richtig einordnen konnte. Wahrscheinlich hat der Osterhase das für die großen Kinder dagelassen.«

»Danke, Oma«, sagte Alex mit leuchtenden Augen und fiel sofort über die Schokolade her.

»Bedank dich beim Osterhasen«, sagte Oma. »Ich habe damit nichts zu tun. – Und jetzt muss ich Tanja mit dem Braten helfen.«

Wäre mein Vater ab und zu auf die Gesprächsversuche meiner Großeltern eingegangen, statt selbst beim Essen trübe vor sich hinzustarren, wäre es fast wie früher gewesen.

14

Das Wetter wurde mit jedem Tag schöner und unser Viertel verwandelte sich. Bisher war mir nie aufgefallen, wie viele Bäume und Sträucher es hier gab, wie viele Zwiebeln die Erdgeschossbewohner unseres Blocks in ihre handtuchgroßen Vorgärten gesteckt hatten. Doch jetzt waren Tulpen und Osterglocken, Primeln, Stiefmütterchen und vieles mehr nicht länger zu übersehen.

Es war Frühling.

Ich musste raus.

Wieder einmal holte ich mein Fahrrad aus dem Schuppen und fuhr los, ohne zu wissen, wohin. Allerdings hoffte ich insgeheim, dass Florian gerade mit seiner Werbeblätter-Tour fertig sein könnte, und ich ihn treffen würde. Ich hatte mich nicht verrechnet.

»Wo willst du denn hin?«, fragte er.

»Keine Ahnung«, sagte ich. »Einfach raus. Ich

werde wahnsinnig, wenn ich bei diesem Wetter drinnen bleibe.«

»Magst du ein Eis? Ich habe heute mein Geld fürs Austragen gekriegt. – Du hast die freie Auswahl an der Kühltruhe im Supermarkt.«

»Echt?« Ich sah ihn ungläubig an.

»Echt!«

Fünf Minuten später schoben wir unsere Räder nebeneinander die Straße entlang und leckten an den größten Eistüten, die wir gefunden hatten.

»Lass uns da rüber gehen«, sagte Florian und deutete hinüber zu den Grünflächen am Kulturzentrum. »Da kann man schön sitzen.«

Er hatte recht. Das Gras war weich und an der Fliederhecke öffneten sich die ersten zart duftenden Blüten.

»Früher ist meine Mutter oft mit Emma und mir zum Eisessen gefahren.« Wieder einmal fing mein Mund an zu reden, ohne dass mein Verstand ihn dazu aufgefordert hätte. »›Wenn die Männer sich stundenlang auf dem Sportplatz rumtreiben, machen wir eben einen Frauenausflug‹ war ein Lieblingsspruch von ihr. Sie hatte ein altes VW-Cabrio, schon ziemlich klapprig. Emma und ich waren ganz wild darauf, mit offenem Verdeck durch die Gegend zu fahren. In dem Auto hatte Mama nur eine einzige Kassette. Von Marianne Faithfull. Die ließ sie immer laufen. Und bei *The Ballad of Lucy Jordan* hat sie jedes Mal voll aufgedreht und mitgesungen. ›Wer will schon nach Paris, wenn er das hier haben kann?‹, hat sie immer gesagt.« Ich wurde rot. »Sorry. Ich rede Blödsinn.«

»Finde ich nicht«, sagte Flo. Er streckte sich im Gras aus und schloss die Augen.

»Ist es nicht schrecklich, dass man für alles, was Spaß macht, Geld braucht?« Ich umschlang meine Knie mit den Armen und sah einer Frau zu, die mit zwei kleinen Mädchen am Teich Enten fütterte.

»Doch nicht für alles«, sagte Flo träge.

»Natürlich für alles. Nicht mal in die Bücherei kommst du ohne Geld. Das heißt – natürlich kommst du rein, aber du kannst nichts mitnehmen.« Ich legte mich neben ihn ins Gras. »Und spazieren gehen oder Rad fahren in der Stadt – das ist Schwachsinn.«

»Mh …« Florians Stimme klang schläfrig. »Warum jobbst du nicht, wenn du Geld brauchst?»

Daran hatte ich noch nie gedacht. Und außerdem … »Ich muss nachmittags auf meine kleine Schwester aufpassen.«

»Ach so.«

Wir lagen eine Weile einfach da, ließen uns von der Sonne wärmen und schwiegen.

»Trotzdem hast du nicht recht«, sagte Florian, als ich schon dachte, er sei eingeschlafen. »Man braucht nicht für alles Geld.«

»Braucht man doch. – Gerade jetzt in den Ferien. Wenn du aufs Frühlingsfest willst, kostet das Geld. Kino kostet Geld. Eis essen kostet Geld ...« Ich hörte, wie Flo sich bewegte.

»Im Gras liegen und in den Himmel gucken kostet kein Geld«, sagte er leise und sein Atem kitzelte an meinem Ohr. »Wolken zählen kostet kein Geld. Träumen kostet kein Geld. – Küssen kostet kein Geld ...«

Ich blinzelte. Flos Gesicht schwebte dicht über meinem. Um seine Mundwinkel spielte ein Lächeln, das sagte »*Ich meine das alles gar nicht ernst*«, doch seine Augen lächelten nicht.

Abends im Bett holte ich zum ersten Mal seit Monaten mein Tagebuch wieder unter der Matratze hervor. Ich schlug eine frische Seite auf, schraubte meinen Schulfüller auf und schrieb in Schönschrift:

Montag, 2. April.

Florian hat recht. Küssen kostet nichts und ist viel schöner als Kino.

Ich schraubte den Füller wieder zu, schob das Tagebuch unter mein Kopfkissen und schlief mit dem Geschmack von Vanilleeis auf den Lippen ein.

15

»Bitte, Jessie!« Seit einer Viertelstunde quengelte Emma nun schon herum. Ich machte einen letzten, schwachen Versuch, mein Schicksal abzuwenden. »Hast du immer noch keine Freundin, mit der du spielen kannst?«, fragte ich.

Statt zu antworten, schob Emma die Unterlippe vor. Ich gab mich geschlagen.

»Okay«, sagte ich. »Zieh dir eine Jacke an.«

Ich ging ins Wohnzimmer und suchte im Bücherregal nach irgendetwas, das ich nicht schon mindestens zweimal gelesen hatte. Vergeblich. Also würde ich mich eben auf dem Spielplatz langweilen. »Was machst du da eigentlich?« Alex saß wie üblich am PC und ich guckte ihm neugierig über die Schulter.

»Musik hören! Willst du auch mal?«

Er hielt mir einen der Stöpsel ans Ohr und ich lauschte einen Moment dem harten Rhythmus. »Wer ist das?«

»*Sido*«, erklärte mein Bruder. »Der kommt auch aus dem Block – genau wie wir.«

Bevor ich erklären konnte, dass wir keineswegs aus dem Block kamen, stand Emma schon wieder vor mir und zappelte herum. »Wir gehen zum Spielplatz«, sagte ich zu Alex und steckte ihm den zweiten Stöpsel wieder ins Ohr. »Mach keinen Quatsch, ja?«

»Logisch«, sagte mein Bruder und klickte den nächsten Track an.

Weil man so am schnellsten zur Schule kam, schlug ich mit Emma den Weg am Abbruchhaus entlang ein. Als wir uns dem Bretterzaun näherten, griff sie nach meiner Hand. »In dem Haus spukt es, Jessie«, flüsterte sie.

»Unsinn. Wie kommst du denn darauf?«

»Das sagen alle in der Schule. Dass es in dem Haus Gespenster gibt.«

Wir kamen gerade an der Lücke im Zaun vorbei und ich hielt an und sagte: »Guck doch selbst. Nur ein Grundstück voller Müll und ein Haus, das verfällt.«

»Nein! Da!« Mit zitterndem Finger zeigte Emma zum ersten Stock hinauf. »Da ist das Gespenst!«

Auch ich hatte etwas huschen sehen, allerdings hätte ich eher auf Sebastians helle Zöpfe getippt als auf eine Geistererscheinung. Emma zog mich hastig weiter.

Auf dem Platz vor dem Schulhaus spielte wie immer eine Gruppe Jugendlicher Fußball. Ich warf den Kopf in den Nacken und tat, als hörte ich ihre gezischten Bemerkungen nicht.

Emma stürmte sofort das Klettergerüst. In Windeseile war sie oben, sauste die lange, kurvenreiche Rutsche hinunter und hangelte sich Sekunden später schon wieder von Sprosse zu Sprosse. Ich war überflüssig. Also setzte ich mich auf eine der wenigen Bänke, machte die Augen zu und dachte an Florian. Wir hatten uns gestern nicht verabredet. Er hatte mir keine Telefonnummer gegeben und ein Handy besaß er wahrscheinlich ebenso wenig wie ich. Ob wir uns erst in der Schule wiedersehen würden?

»Das ist ja mal eine nette Überraschung.«

Ich drehte mich um. Frau Wieland stand mit ihrem Westie an der Leine am Spielplatzzaun.

»Hallo«, sagte ich. »Wollen Sie nicht hereinkommen?«

»Wir müssen leider draußen bleiben.« Die alte Dame lächelte und deutete auf ein Schild am Zaun.

In diesem Moment sauste Emma erneut die

Rutsche hinunter, guckte zu uns herüber und stieß einen begeisterten Schrei aus. »Lara!« Wie der Wind war sie zum Tor hinaus und kniete auf dem Asphalt. Der kleine weiße Hund sprang an ihr hoch und versuchte, ihr das Gesicht abzulecken.

»Oh je! Das sieht aus, als würde ich Lara nur nach Hause bekommen, wenn Emma auch mitgeht«, lachte Frau Wieland.

»Machst du dann wieder Liwanzen?«

»Emma!«

Die alte Dame lachte nur. »Das wohl nicht. Aber ich habe gestern einen Schokoladenkuchen gebacken. Vielleicht mögt ihr ja ein Stück davon?«

Eigentlich hatte ich genauso wenig Lust bei Frau Wieland herumzusitzen, wie darauf, Babysitter zu spielen. Das Einzige, worauf ich wirklich Lust hatte, war Flo zu treffen. Das merkte man mir offenbar an, denn die alte Dame sagte: »Wahrscheinlich hast du mit deinen letzten Ferientagen etwas Besseres vor, oder? Warum holst du Emma nicht in einer Stunde wieder bei mir ab?«

»In einer Stunde schon?« Emmas Unterlippe wanderte nach vorn.

»Meinetwegen auch gerne in zwei.«

»Wenn Ihnen das nichts ausmacht …«

»Ganz im Gegenteil. Ich freue mich, wenn ich Gesellschaft habe. – Du weißt noch, wo ich wohne?«

»Ja. Und Sie wollen wirklich …?«

Emma, die hingebungsvoll den kleinen weißen Hund streichelte, warf mir einen genervten Blick zu. »Jetzt geh schon, Jessie«, verlangte sie.

»Dann hole ich Emma also um halb fünf ab, wenn es Ihnen recht ist.«

»Schön. Bis halb fünf also«, sagte Frau Wieland und gab Emma die Hundeleine.

Eben noch hatte ich mich gefreut, meine kleine Schwester los zu sein, doch jetzt wusste ich plötzlich nicht mehr, was ich mit der freien Zeit anfangen sollte. Missmutig schlenderte ich nach Hause. Vor unserem Block schien irgendetwas passiert zu sein, denn am Spielplatz hatte sich eine größere Gruppe Kinder und Jugendliche versammelt. Ich kniff die Augen zusammen und erkannte Alex. Alex und Sebastian und …

Ich ging schneller, fing an zu traben und erreichte die Gruppe gerade, als Florian seinen Bruder bei den Schultern packte und schüttelte.

»Du sollst mir sagen, woher du das Fahrrad hast!«

Die Umstehenden rückten noch ein wenig näher, damit ihnen auch wirklich nichts entging.

»Das geht dich nichts an!«, brüllte Sebastian und riss sich los. »Misch dich nicht immer ein!«

Alex beobachtete die Szene aufmerksam, schwieg jedoch. Keiner der drei hatte mich bisher bemerkt.

»Das geht mich sehr wohl etwas an und das weißt du!« Auch Florian wurde jetzt laut. »Also sag mir gefälligst, woher du das Rad hast!«

»Von Alex«, knurrte Sebastian.

»Von Alex?«, fragten Florian und ich gleichzeitig. Flo drehte sich erstaunt nach mir um, dann wandte er sich an meinen Bruder. »Hast du Bastian dein Fahrrad verkauft?«

»Nicht verkauft. Getauscht.«

»Dein Fahrrad?« Ich konnte nicht glauben, was ich da hörte.

»Das war mir doch sowieso viel zu groß«, maulte Alex.

»Ja, noch, aber ...«

»Mal ganz langsam«, unterbrach Florian mich. »Du hast meinem Bruder dein Fahrrad also nicht verkauft, sondern es getauscht?«

Alex nickte mürrisch. »Sag ich doch.«

»Und was könnte Bastian haben, das so viel wert ist wie ein Fahrrad?

Schweigen.

»Na wird's bald?«

In meinem Kopf fielen ein paar Puzzleteile an die richtigen Stellen. »Der iPod ist von Sebastian, stimmt's?«

Die beiden schwiegen weiter.

»Ob das stimmt?« Am liebsten hätte ich Alex geschüttelt, so wie Florian das eben mit seinem Bruder getan hatte.

»Das geht dich überhaupt nichts an! Das war mein Fahrrad! Und jetzt ist es mein iPod.«

»Woher hattest du einen iPod?« Flo klang jetzt nicht mehr ärgerlich, sondern so, als würde er am liebsten heulen.

»Mach doch nicht so ein Theater!«, fauchte Sebastian. »Ich hab das Teil gefunden. Und weil ich nichts damit anfangen kann, habe ich es mit Alex getauscht. Wo ist das Problem?«

»Kann ich jetzt gehen?« Alex fand die Situation offenbar langsam ein wenig ungemütlich.

»Ja«, sagte ich. »Geh rauf und bleib da.«

Sebastian nutzte Florians momentane Unaufmerksamkeit, riss sich los und bahnte sich einen Weg durch die Menge. Das Fahrrad, das Opa Alex zum letzten Geburtstag geschenkt hatte, lag am Rand der Brachfläche. Wie der Blitz schwang Sebastian sich in den Sattel und raste davon. Die

142

Schar neugieriger Kinder löste sich widerstrebend auf.

Flo wischte sich über die Augen. »Ich kann doch nicht den ganzen Tag auf ihn aufpassen.« Er hockte sich auf eine Bank und ließ den Kopf hängen. »Wenn meine Mutter das jetzt wieder erfährt ...«

»Glaubst du im Ernst, dass er den iPod geklaut hat?« Ich setzte mich neben ihn.

»Was denn sonst? Du hast doch die Geschichte mit dem Trikot erlebt.«

»Na ja, das hatte Alex ja wirklich rumliegen lassen ...«

»Das war nicht die erste Sache«, sagte Flo. »Bastian ist schon ein paar Mal beim Klauen im Kaufhaus erwischt worden. Aber er weiß genau, dass die Polizei nichts machen kann, solange er nicht vierzehn ist. Deswegen juckt ihn das überhaupt nicht. – Jetzt ist es schon so weit, dass die beim Jugendamt sich für meine Mutter interessieren. Neulich haben sie ihr ›Erziehungshilfe‹ angeboten. So, als wäre sie irgendeine Asoziale, die ihre Kinder vernachlässigt.«

»Aber was ...«

Florian schüttelte sich kurz, wie ein Hund, der aus dem Wasser kommt. Er stand auf.

»Wohin ...?«

143

Flo antwortete nicht. Er vergrub die Hände in den Taschen seines Parkas und ging. Ich wartete, ob er mir an der Ampel noch einmal zuwinken würde, aber er überquerte einfach die Kreuzung und verschwand.

16

Es war Samstagnachmittag. Mein Vater war mit Emma zum Spielplatz gegangen, meine Mutter putzte bei meinen Großeltern und Alex war wieder einmal verschwunden.

Wie an jedem Tag in diesen Ferien schien die Sonne von einem wolkenlosen Himmel. Ich musste raus, konnte beim besten Willen nicht länger in der Wohnung herumsitzen. Ich holte mein Fahrrad aus unserem Schuppen und fuhr los. Der Wind streichelte mein Gesicht und die Sonne schien so warm, dass ich schon nach kurzer Zeit meinen Anorak auf den Gepäckträger klemmte. Ich fuhr Richtung Schule, weil ich glaubte, dass es von dort aus nicht mehr allzu weit ins Grüne sein konnte. Der Fahrradweg führte an der U-Bahn-Endhaltestelle und dem Busbahnhof vorbei. Aus Gewohnheit guckte ich, ob ich Alex irgendwo sah und da entdeckte ich sie. Blonde Dreadlocks über einem Bundeswehrparka.

Ich bremste.

»Florian?«

Er fuhr herum.

»Was machst du denn hier?«, fragten wir gleichzeitig.

»Ich suche meinen Bruder und du?«

»Ich brauche Bewegung. – Hast du ihn gefunden?«

Florian schüttelte den Kopf. »Wollte gerade nach Hause fahren.«

»Musst du unbedingt nach Hause?«

»Mh-mh.«

»Fährst du dann ein Stück mit mir?«

»Warum nicht?« Flo holte sein Fahrrad, das an einem Bushäuschen lehnte. »Wohin willst du?«

»Keine Ahnung. Am liebsten raus aus der Stadt.«

»Dann komm.« Florian schwang sich in den Sattel und fuhr voraus. Nach ungefähr zwei Kilometern an der Hauptstraße überquerten wir einen Fluss und Flo bog nach links ab. Ich folgte ihm durch ein paar Seitensträßchen hinunter in einen Wiesengrund. Der Radweg schlängelte sich an einem kleinen Fluss entlang und es duftete nach frischem Grün und Frühling.

»Warst du schon mal hier?«

Florian nickte. »Früher, als mein Vater noch bei

uns war. Er und Bastian waren ganz wild auf Echsen und Schlangen und solche Sachen und hier in der Nähe gibt es ein Terrarium. Deswegen sind wir öfters hergekommen. – Wollen wir eine Pause machen?«

»Gern.« Ich stieg ab, legte mein Rad ins Gras und ließ mich daneben fallen.

Florian schälte sich aus seinem Parka und zog eine Flasche Wasser aus einer der geräumigen Taschen, dann breitete er die Jacke im Gras aus. »Setz dich lieber da drauf«, sagte er. »Gras gibt fiese Flecken.« Er ließ sich neben mich fallen, nahm einen Schluck aus der Flasche und reichte sie mir.

»Danke«, sagte ich. »Daran habe ich gar nicht gedacht. Wahrscheinlich wäre ich auf dem Heimweg verdurstet.« Ich hatte zumindest ein Lächeln erwartet, doch Flo reagierte nicht. Er riss einen Grashalm ab und fing an, darauf herumzukauen.

»Kann man davon nicht krank werden? Meine Mutter hat uns das immer verboten.«

»Keine Ahnung. Ist doch egal, woran man eingeht.« Florian kniff die Augen gegen die Sonne zusammen und kaute weiter.

Ich starrte ihn verblüfft an.

»Brauchst gar nicht so zu gucken. Schlimmer als das Leben kann Sterben kaum sein.«

»Was ... Ich meine, wieso ... Was ist denn los?«
Ich versuchte, ihm in die Augen zu sehen, doch
er drehte den Kopf weg.

»Ist es wegen Sebastian?«

»Ach, Bastian, meine Mutter, das Jugendamt,
die Schule – alles.«

»Wieso die Schule? Du hast doch total gute
Noten.«

»Und was nützt mir das?«

»Na – mit solchen Noten kannst du schließlich
alles werden, was du willst, und dann ...«

»... wird alles besser, ja?« Das klang noch bit-
terer als bei meinem Vater.

»Schon. Oder?«

»Bist du naiv, Jessica.« Unter Florians mitleidi-
gem Blick fühlte ich mich wie ein kleines Kind.
»Mit meinen Noten könnte ich vielleicht alles erreichen, aber nicht mit meiner Mutter. Woher soll
die das Geld für eine teure Ausbildung nehmen?
Vielleicht noch Studiengebühren bezahlen? –
Vergiss es! Ich höre nach der Mittleren Reife auf
und sehe zu, dass ich eine Lehrstelle finde. Dann
muss sie endlich nicht mehr alleine für uns sorgen.«

Mir wurde heiß. Daran, dass meine Eltern unmöglich ein Studium finanzieren konnten, wenn
schon Alex' Klassenfahrt ihr Budget sprengte,

hatte ich noch nie gedacht. Flo schien mir anzu-
sehen, was in meinem Kopf vorging. »Manchmal
ist es ein richtiges Scheißleben, was?«

»Aber es gibt Dinge, die sind schön und kosten
nichts«, sagte ich trotzig. »Das habe ich von dir
gelernt.«

Zum ersten Mal, seit ich ihn heute getroffen
hatte, erschien die Andeutung eines Lächelns in
Florians Gesicht. »Ach ja? Was denn zum Beispiel?«

»Sonne auf der Haut. Wind im Haar …«

»Ist das alles?« Flos Lächeln wurde breiter.

»Grashalme kauen und in den Himmel gucken. Zitronenfalter zählen …«

Flos Gesicht war plötzlich ganz nah. »Noch etwas?«, fragte er und endlich, endlich grinste er
wieder.

»Lass mich nachdenken«, sagte ich.

Es war schon dunkel, als ich nach Hause kam. In
der Nase hatte ich noch immer den bitteren Geruch von Löwenzahn und den süßen von jungem
Gras und auf meinen Lippen den Geschmack
von Flos Mund. Ich brauchte nur an ihn zu denken, dann wurde mir ganz warm.

Vor unserem Haus stand ein Polizeiauto, um-
ringt von einer Schar neugieriger Kinder. Polizis-

ten waren allerdings nirgends zu sehen. Ich brachte das Fahrrad zurück in unseren Schuppen und stellte fest, dass ich meinen Hausschlüssel vergessen hatte. Also klingelte ich. Nichts passierte. Ich zog fröstelnd die Schultern hoch. Plötzlich halfen die Gedanken an Flo nicht mehr gegen die abendliche Kühle. Ich klingelte noch einmal. Der Türöffner summte. Ich drückte die Haustür auf und rannte die Treppe hoch. Emma sah mir mit tränenverschmiertem Gesicht entgegen.

»Jessie«, schluchzte sie. »Alex ...«

»Was ist mit Alex, Küken?«

»Alex ...«

»Nun sag schon!«

»Die Polizei ... hat ... Alex verhaftet.«

»Na, na, na. Ganz so wild ist es ja nun doch nicht, junge Dame.« Zwei Polizisten kamen mit Mama und Papa aus dem Wohnzimmer. Der ältere von beiden schmunzelte. »Wir haben eurem Bruder nur erklärt, dass das Betreten fremder Grundstücke auch dann verboten ist, wenn nirgends ein Schild steht, und dass er in seinem Alter wirklich noch nicht rauchen sollte. – Frau Schmidt, Herr Schmidt ...« Er gab meinen Eltern die Hand und setzte seine Mütze auf.

»Und du, lass dich nicht noch einmal erwi-

150

schen ...«, sagte der jüngere Polizist zu Alex, der eben versuchte, sich unbemerkt in sein Zimmer zu verdrücken.

Mein Bruder wurde rot bis über beide Ohren.

Ich trat einen Schritt beiseite, um die Polizisten hinauszulassen, dann machte ich die Wohnungstür hinter ihnen zu.

Mein Vater sackte regelrecht in sich zusammen. Er schlurfte in die Küche, ließ kaltes Wasser aus dem Hahn in ein Glas laufen und sank auf einen Stuhl. »Jetzt ist es also schon so weit, dass wir die Polizei im Haus haben«, stöhnte er.

17

Florian war am Montag nicht in der Schule. Dabei hatte ich mich so auf ihn gefreut! Ob es Ärger wegen Sebastian gab? Ich hatte Alex nicht gefragt, aber ich war fast sicher, dass er nicht allein auf dem Grundstück des Abbruchhauses gewesen war. Vielleicht sollte ich mich einmal mit meinem Bruder unterhalten.

Nach Schulschluss holte Anna mich auf dem Weg zur Bushaltestelle ein. »He, Jessie, warte mal! Hast du's schon gehört? – Das West-Bad hat am Wochenende aufgemacht. Jasmin, Julia und ich gehen heute Nachmittag gleich hin. Kommst du mit?«

»Ich ... Ich brauche noch einen neuen Bikini«, sagte ich. »Bin aus meinem alten total rausgewachsen.«

»Na dann sieh zu, dass du schnell einen kriegst«, sagte Anna. »Damit du beim nächsten Mal mitkommen kannst.« Sie winkte kurz und rannte über den Parkplatz zu einem wartenden Geländewagen.

Noch so eine Sache, die ohne Geld nicht funktionierte: Freibad im Sommer. Letztes Jahr hatte ich das Problem umgangen, indem ich Lisa-Marie und manchmal auch Pascal dazu überredete, mit mir zum Baggersee im Wald zu radeln. Es dauerte zwar ziemlich lange, bis das Wasser dort Badetemperatur hatte, doch in der Sonne liegen oder Volleyball spielen konnte man schließlich vom ersten warmen Tag an. Das funktionierte in der Stadt natürlich nicht. Die Badesaison würde hier ohne mich stattfinden.

Außerdem war ein neuer Bikini so ziemlich die letzte Sorge, die ich hatte. Bei diesem Wetter schmorte ich in meinen Sweatshirts so, dass ich jeden Tag fürchtete, jemand könnte mich auf meinen Körpergeruch ansprechen. Aus den kurzärmeligen T-Shirts und Blusen vom vorletzten Jahr war ich längst Stück für Stück herausgewachsen. Ich brauchte dringend etwas Neues.

Eigentlich hätte ich auch neue Schuhe haben müssen, denn in meinen Turnschuhen bekamen meine Füße bei diesen sommerlichen Temperaturen regelmäßig Schweißausbrüche. Bisher hatte ich aber nicht gewagt, das Thema anzusprechen. Ich hoffte immer noch, dass meine Mutter das von sich aus täte. Aber da ich nicht als Einzige seit dem letzten Sommer gewachsen war, standen meine Chancen wahrscheinlich schlecht.

»Warst du eigentlich mit Sebastian auf dem Grundstück?«, fragte ich Alex, als wir gemeinsam von der U-Bahn nach Hause gingen.

»Mh.«

»Und war der heute in der Schule?«

»Mh.«

»Hat er zufällig erzählt, was mit Florian los ist?«

»Mh-mh.« Dass Alex mit mir nach Hause ging, bedeutete offenbar nicht, dass er auch mit mir reden wollte.

»Oh Mann!« Fast hätte ich es vergessen. »Ich muss ja zur Tafel! Kannst du Emma bei Oma und Opa abholen?«

»Klar«, sagte mein kleiner Bruder. »Dann kann ich Opa gleich fragen, ob er mir den Fußball-Manager ersteigert hat.«

Als ich an der Ausgabestelle ankam, war die Zeit für unsere Nummer längst abgelaufen, doch inzwischen wusste ich, dass es kein Problem war, trotzdem Lebensmittel zu bekommen. Ich packte ein, was wir brauchen konnten – die Auswahl war um diese Zeit nicht mehr besonders groß –, bezahlte meine drei Euro und machte mich auf den Rückweg zur U-Bahn. Dabei hielt ich ununterbrochen Ausschau nach Flo, doch der blieb verschwunden.

»He, wo warst du gestern?« Ich hatte fast fünf Minuten für die fünfzig Meter von der Bushaltestelle zum Schuleingang gebraucht und die Trödelei hatte sich gelohnt. Florian holte mich ein. Doch statt einer Antwort knurrte er: »Ist das wichtig?«

»Wenn du nicht darüber reden willst ...«

»Nein, will ich nicht.«

»Okay.« Ich ging schneller.

»Warte, Jessie.« Flo kam hinter mir her. »So war das nicht gemeint.«

»Ist was mit Bastian?«

»Wie kommst du darauf?«

»Na ja, Alex ist Samstagabend von der Polizei nach Hause gebracht worden. Und er hat erzählt, dass er mit Sebastian zusammen war.«

»Dann weißt du ja schon fast alles«, sagte Florian. »Meine Mutter hat inzwischen echt Angst, dass das Jugendamt sich einschaltet und Sebastian in eine Pflegefamilie kommt, wenn er weiter so viel Mist macht. Wahrscheinlich hat sie des-

wegen gestern diesen schrecklichen Migränean-
fall bekommen. Ich konnte sie jedenfalls unmöglich allein lassen.«

»Alex ist das reinste Lamm, seit die Polizei ihn
nach Hause gebracht hat«, sagte ich.

Florian lachte auf. »Ich fürchte, mein Bruder ist
wesentlich abgebrühter als deiner.«

18

Papa hatte Alex zwei Wochen Hausarrest aufgebrummt und die verbrachte mein Bruder vor dem PC, sobald er mit den Hausaufgaben fertig war. Ständig flimmerten die bunten Farbspiele des Mediaplayers über den Monitor. Wenn Alex merkte, dass ich ihm zusah, klickte er meistens schnell ein anderes Programm an.

Am zweiten Mai begann Mamas Praktikum und von da an verließ sie die Wohnung noch früher als unser Vater. Anders als er strahlte sie übers ganze Gesicht, wenn sie spät nachmittags heimkam. Und dieses Strahlen wurde von Tag zu Tag stärker.

»Ihr ahnt ja nicht, wie gut es tut, endlich wieder richtig zu arbeiten«, erklärte sie eines Abends beim Essen. »Wenn man am Ende des Tages sieht, dass man etwas geschafft hat, das ist einfach toll.«

Mein Vater schwieg, schnitt sein Brot in zwei Hälften, die Hälften in Viertel, die Viertel in Achtel.

»Die Frau Fischer hat gesagt, nach den Pfingstferien ist Wandertag«, sprudelte es jetzt aus Emma heraus. »Stellt euch vor – wir gehen in den Zoo! Wir fahren morgens mit der Straßenbahn hin und bleiben bis zum Nachmittag. Wir sollen alle etwas zu essen mitnehmen. Und die Mia hat gesagt, ich darf neben ihr gehen. Die Mia ist überhaupt ganz nett. – Wann gehen wir eigentlich mal wieder alle zusammen in den Zoo?«

Mein Vater warf einen stummen Blick in die Runde, dann stand er auf. Gleich darauf hörten wir, wie im Wohnzimmer der Fernseher anging.

Doch weder Papas stummes Brüten noch die Tatsache, dass er auch im April nur wenige Staubsauger verkauft hatte, konnten Mamas strahlende Laune trüben.

»Du bist doch schon viel besser als letzten Monat«, hörte ich sie eines Abends sagen, als ich gerade ins Bett gehen wollte. »Warte nur ab. Bald verdienst du das große Geld – so wie dieser Kollege, mit dem du unterwegs warst.«

»Du weißt doch gar nicht, wovon du redest.« Noch vor nicht allzu langer Zeit hätte mein Vater in diesem Moment ärgerlich geklungen. Jetzt war seine Stimme tonlos und ich musste mich anstrengen, um ihn zu verstehen. »Kannst du dir vorstellen, wie es ist, Tag für Tag vor geschlossenen Türen zu stehen? Genau zu wissen, dahinter warten sie nur darauf, dass du endlich wieder gehst? Aber wenn sie aufmachen und dich deinen Spruch aufsagen lassen, dann ist das fast noch schlimmer. Hast du schon einmal jemanden angebettelt, seinen Teppichboden saugen zu dürfen?«

Die Art, wie Papa redete, machte mir Angst. Ich wollte nichts mehr hören. Ich huschte in unser Zimmer und verkroch mich im Bett.

Noch zwei Tage bis zu den Pfingstferien. Das Abendessen war fertig und wir warteten nur noch auf meine Mutter. Doch meine Mutter kam nicht.

Emma wurde quengelig vor Hunger und ich gab ihr eine Packung von den Keksen, die ich am Montag ergattert hatte. Damit konnte ich sie eine Weile ruhig stellen, doch bald fiel ihr etwas Neues ein. »Bestimmt ist Mama etwas passiert«, jammerte Emma. »Sonst wäre sie längst hier. So lange hat sie noch nie gebraucht. Was machen wir, wenn sie tot ist?« Tränen stiegen ihr in die

Augen und drohten, jeden Moment überzulaufen.

»Quatsch«, fuhr ich sie an. »Wenn etwas passiert wäre, käme die Polizei und würde uns das sagen.«

Das schien Emma zu trösten, aber nun war mir reichlich mulmig zumute.

Alex bekam von alledem nichts mit. Er saß wie üblich vor dem PC. Die Stöpsel seines Kopfhörers in den Ohren, hatte er die Welt um sich herum vergessen.

Als es kurz vor sieben klingelte, sackte mein Magen wie ein Fahrstuhl in die Tiefe.

»Ja?« Meine Stimme zitterte, als ich die Sprechanlage bediente.

»Mach bitte auf, Jessie. Ich habe keine Hand frei.« Das war Mama. Sie klang irgendwie anders als sonst. Mir wurde noch mulmiger. Ich drückte auf den Türöffner, hörte die Haustür aufspringen und dann Mamas Schritte auf der Treppe.

Mit einer großen Tüte in jeder Hand schleppte sie sich die Stufen herauf. »Lass mich schnell rein«, sagte sie, »die Dinger sind verflixt schwer.«

Ich trat beiseite, machte die Wohnungstür hinter ihr zu, folgte ihr in die Küche.

»Wo warst du, Mama? Ich habe solchen Hunger!« Emma kam aus dem Wohnzimmer geflitzt und klammerte sich an unsere Mutter. Die stöhnte »He, warte!« und wuchtete beide Tüten auf die Arbeitsplatte neben der Spüle. Dann ging sie in die Knie und drückte Emma so heftig an sich, dass die anfing zu husten.

»Ich musste noch einkaufen, Schätzchen«, sagte Mama, stand wieder auf und fing an auszupacken. Zwei Riesenflaschen Cola. Orangensaft. Chips, Schaumküsse, Erdnüsse. Lachs, Sahne, breite Nudeln. Eine Flasche Sekt. Sie drehte sich um und sah mich an. »Du hast doch hoffentlich nicht schon gekocht, Jessie?«

»Doch, habe ich.«

»Und was?«

»Ich habe zwei Dosen Bohneneintopf heiß gemacht.«

»Prima. Die können wir morgen essen.« Mama packte weiter aus. Frühlingszwiebeln. Mangos. Eine Riesentafel Schokolade. Emmas Augen wurden rund und immer runder und mir wurde unheimlich.

»Woher hast du die ganzen Sachen?«, fragte ich schließlich, als ich es nicht mehr aushielt.

»Aus dem Supermarkt«, sagte Mama. »Unser Konto ist so stark überzogen, da kommt es auf ein paar Euro mehr oder weniger jetzt auch nicht mehr an. Du kannst dir nicht vorstellen, was für ein Gefühl das war, wieder einmal einzukaufen, ohne auf den Preis zu achten.«

»Aber was ...«

»Es gibt etwas zu feiern, Kinder.« Mamas Gesicht leuchtete, ihre Augen glänzten.

»Echt? Was? Haben wir im Lotto gewonnen?« Scheinbar aufgrund telepathischer Kräfte hatte Alex mitbekommen, dass etwas im Gange war und stand jetzt mitten in der Küche.

»Nicht ganz«, sagte Mama. »Aber fast ...«

»Was gibt es denn noch, außer Lotto?«

»Arbeit«, sagte Mama. »Stellt euch vor, ab dem ersten Juli habe ich Arbeit!«

Mama schmeckte die Lachs-Sahne-Soße ab und Emma probierte immer wieder, bis beide zufrieden waren. Alex hatte die Mangos geschält und in feine Scheiben geschnitten und ich versuchte, so etwas wie eine Festtagstafel zu decken. Im Wohnzimmerschrank hatte ich eine ziemlich angestaubte Stumpenkerze gefunden, die ich mitten auf dem Tisch platzierte. Neben jeden Teller legte ich eine Papierserviette mit Stechpalmenmotiv. Nicht ganz zur Jahreszeit passend, aber das Festlichste, was unsere Bestände hergaben.

Wir waren so beschäftigt, dass wir meinen Vater erst bemerkten, als er fragte: »Was ist denn hier los?«

Mama ließ den Kochlöffel fallen. Sie umarmte und küsste Papa wie schon lange nicht mehr. »Stell dir vor«, jubelte sie, »ich habe ab Juli Arbeit! Die Firma, bei der ich das Praktikum mache, ist so zufrieden mit mir, dass sie mich übernehmen will! Ich muss nur noch die Prüfung bestehen. Ist das nicht großartig?«

Mein Vater sah sie an, machte sich los und drehte sich auf dem Absatz um. Die Wohnungstür fiel ins Schloss. Es wurde totenstill.

Mama stand noch immer wie versteinert, als das Schrillen der Türklingel die Stille unterbrach. Langsam ging meine Mutter in den Flur. Sagte etwas in die Sprechanlage. Öffnete die Wohnungstür. Kam einen Augenblick später zurück in die Küche.

»Es ist für fünf gedeckt«, sagte sie. »Warum isst du nicht mit uns?«

»Wenn es Ihnen nichts ausmacht ...« Flo sah sich zweifelnd um. Ich hatte total vergessen, dass wir uns zum Radfahren verabredet hatten. »Eigentlich wollte ich Jessie abholen ...«

»Jetzt wird erst gegessen«, bestimmte meine Mutter. »Und getrunken. Wir haben etwas zu feiern!« Sie ließ den Sektkorken knallen, schenkte

Flos und mein Glas und dann ihr eigenes voll,
goss Alex und Emma Cola ein. Dann verteilte sie
den Salat und gab jedem eine großzügige Portion
Nudeln mit Lachs-Sahne-Soße auf den Teller.

Fast gewaltsam drückte sie Florian auf den
Stuhl meines Vaters und setzte sich zu uns.

»Auf die Zukunft«, sagte sie, erhob ihr Glas
und fing an zu weinen.

19

Es war spät, als ich mich zurück in die Wohnung schlich. Weil es nach dem Essen schon fast dunkel gewesen war, hatten Flo und ich uns einfach an den Teich beim Kulturhaus gesetzt und dem Abendgesang der Frösche zugehört. Dabei hatten wir die Zeit völlig vergessen.

Nun fühlte ich mich wieder einmal wie der sprichwörtliche Lauscher an der Wand. Und wieder einmal blieb ich wie gebannt stehen, statt ins Bad oder ins Bett zu gehen.

»Ich tippe mir seit zwei Jahren die Finger wund, schreibe eine Bewerbung nach der anderen und alles was ich kriege, ist dieser miese Staubsauger-Job. Und was tut meine Frau? Macht sich ›Fit fürs Büro‹ und findet sofort eine Stelle.«

»Aber was ist denn das Problem, Udo? Wichtig ist doch nur, dass wieder regelmäßig Geld ins Haus kommt.«

»Schön, dass du endlich einmal deutlich sagst, dass ich meiner Aufgabe nicht gerecht werde.«

»Udo, verdammt noch mal …«

»Verstehst du denn nicht, wie ich mich fühle, Tanja, wenn du jetzt plötzlich diejenige bist, die das Geld verdient?«

»Ich hatte immer gedacht, wir seien Partner, Udo. Richtige Partner. Gleichberechtigte Partner. Ich habe mich all die Jahre um die Kinder gekümmert, weil wir beide fanden, es sollte jemand für sie da sein. Ich bin zu Hause geblieben, weil du derjenige warst, der mehr verdient hat. Und jetzt wollte ich dir vorschlagen, diesen Staubsauger-Job zu kündigen, sobald meine Probezeit vorbei ist. Aber offenbar habe ich all die Jahre unter falschen Voraussetzungen gelebt. Es geht hier nicht um Partnerschaft, nicht darum, was das Beste für die Familie ist, es geht um dein männliches Ego. Es zählt nicht, dass die Kinder vielleicht bald nicht mehr um jedes T-Shirt, um jedes Paar Schuhe betteln müssen. Es ist egal, ob Alex mit seiner Klasse ins Schullandheim fahren kann oder Emma in den Zoo. Nein, es zählt nur, dass du nicht derjenige bist, der dafür bezahlt. Du tust mir leid!«

Ich hörte, wie ein Sessel über den Boden scharrte, und machte, dass ich ins Bad kam.

Letzter Schultag vor den Pfingstferien. Zum Glück war es inzwischen kühler geworden, sonst hätte ich mir wieder irgendeine Ausrede einfallen lassen müssen, warum ich nicht mit Jasmin, Anna und Julia ins Schwimmbad gehen konnte. Die drei glaubten inzwischen sicher, ich hätte alle zwei Wochen meine Periode.

Trotzdem und obwohl zu Hause diese miese Stimmung herrschte, freute ich mich auf die Ferien. Schließlich würde ich Flo sehen. Richtig sehen. Nicht nur in der Schule oder zufällig bei der Tafel oder kurz am Abend. Nein, wir waren richtig verabredet.

Ich hatte ihm erzählt, dass ich unbedingt in die Stadtbibliothek gehen wollte. Ich musste dringend wieder einmal ein Buch lesen, das ich noch nicht kannte, und ich hatte mir überlegt, dass das gar kein Problem sein dürfte, wenn ich gleich morgens in der Bücherei wäre.

Florian schüttelte den Kopf. »Dass ich da noch nicht selbst drauf gekommen bin! Das ist genial!«

»Lass uns doch zusammen gehen«, schlug ich vor.

»Gute Idee. Meine Mutter hat nächste Woche Urlaub. Da muss ich nicht die ganze Zeit aufpassen, dass Bastian keinen Blödsinn macht.«

»Montag ist ja Feiertag«, sagte ich. »Aber Dienstag könnten wir gehen.«

»Prima«, strahlte Flo. »Um neun Uhr am Eingang?«

»Um neun Uhr am Eingang.«

Pfingstsonntag schenkte Opa jedem von uns fünfzig Euro »Feriengeld«.

»Nicht verraten.« Mit Verschwörermiene legte er einen Zeigefinger auf die Lippen, als er die Scheine aus seinem Schreibtisch holte und sie jedem von uns in die Hand drückte. »Das ist für euch ganz allein.«

Ich fühlte mich wie im Himmel, war beinahe überwältigt von den Möglichkeiten, die sich plötzlich vor mir auftaten.

Und dann stand am Pfingstmontag Oma bei uns im Flur und erklärte weinend, dass Opa uns das Wirtschaftsgeld für den ganzen Monat geschenkt hatte.

»Setz dich erst mal«, sagte mein Vater und führte Oma ins Wohnzimmer. »Wie ist Papa denn überhaupt auf so eine Idee gekommen?«

Emma war bereits losgerannt, um ihren Fünfzig-Euro-Schein aus der Spardose zu holen, doch Alex stand mit Augen, die schwarz waren vor Enttäuschung, im Zimmer und starrte Oma an.

Auch ich fühlte mich von Opa verraten, obwohl Oma versuchte, ihn zu entschuldigen.

»Fritz wird einfach ein wenig sonderbar«, sagte sie. »Ihr habt das ja selbst schon erlebt. – Diese Fahrradgeschichte zu Alex' Geburtstag … All die unsinnigen Dinge, die er in den letzten Monaten ersteigert hat … Ich habe am Donnerstag den Computer in den Keller verfrachtet, damit dieser Unfug endlich ein Ende hat.«

»Aber die Treppe … Deine Knie …«, sagte mein Vater entgeistert.

»Fritz' Knie sind in einem noch viel schlechteren Zustand.« Ein fast schelmisches Lächeln spielte kurz um Omas Lippen, dann wurde sie wieder ernst. »Damit, dass er Geld verschenken würde, habe ich natürlich nicht gerechnet.«

»Warum hast du uns denn nicht viel eher etwas gesagt, Mutter?«, wollte Mama nun wissen.

»Ihr habt doch im Moment selbst so viele Sorgen. Was soll ich euch da noch mit meinen belasten? Außerdem geht ja alles ganz gut – wenn ich mein Wirtschaftsgeld zurückbekomme.«

»Jessica! Alex!« Meine Mutter warf uns einen scharfen Blick zu und wir gehorchten widerstrebend.

»Kannst du vielleicht einen Fünfzig–Euro-Schein wechseln, Tanja?« Oma wischte sich über die Augen. »Ich würde gern jedem Kind wenigstens einen Zehner schenken.«

Mama schnaubte. »Machst du Witze, Mutter? Es ist Monatsende. Ich habe selbst gerade noch zehn Euro im Portemonnaie.«

20

Ich hatte ein paar Äpfel mitgebracht und Florian holte zwei Päckchen Waffeln und eine Flasche Wasser aus den Tiefen seiner Parkataschen, als wir uns am Dienstagmorgen vor der Bibliothek trafen.

»Wir dürfen uns nur nicht erwischen lassen, wenn wir hier picknicken«, lachte ich. Plötzlich war es mir völlig egal, dass ich nach wie vor keinen Cent besaß.

Flo und ich suchten in verschiedenen Abteilungen nach Büchern, trafen uns am Eingang wieder und fanden in einem Raum mit Uraltschwarten einen einsamen Sessel, der auf uns gewartet zu haben schien. Flo ließ sich hineinfallen und wirbelte dabei eine Staubwolke auf, die sich nur langsam wieder senkte.

»Hier scheint selten jemand herzukommen«, hustete er. »Hier sind wir ungestört.« Er stapelte seine Reiseführer griffbereit auf dem Boden. Ich setzte mich daneben und lehnte mich an den Sessel.

»Sag Bescheid, wenn wir tauschen sollen«, sagte Flo.

Ich nickte und schlug mein Buch auf. Er guckte mir über die Schulter. »*Schokolade zum Frühstück.* – Klingt anspruchsvoll«, grinste er.

»Ich kann im Moment wirklich keine Problemliteratur gebrauchen«, erklärte ich und dann wurde es still in unserer Ecke. Schon nach ein paar Seiten litt ich mit Bridget Jones, deren Schwierigkeiten mit meinen ungefähr so viel zu tun hatten, wie Schokolade mit sauren Gurken.

»Danke für die Waffeln.«

»Danke für die Äpfel.«

Ich hatte Bridgets Happy End erlebt und Florian wusste alles über Skandinavien. Keiner von uns hatte Lust, sich jetzt zu verabschieden.

»Weißt du was«, sagte Flo, »ich fahre dich nach Hause.«

»Mit dem Rad?«

»Nein, mit meinem Porsche.«

»Ich bin doch viel zu schwer.«

»Viel schwerer als eine Ladung Werbeblätter wirst du schon nicht sein«, meinte Flo und dann breitete sich ein Ausdruck des Entsetzens auf seinem Gesicht aus. »Scheiße. – Die habe ich total vergessen. – Tut mir leid, Jessie, ich muss nach Hause. Wenn ich die nicht heute noch austrage, bin ich den Job los.«

»Schon klar. Sehen wir uns morgen?«

»Bestimmt«, sagte Flo, stieg auf sein Rad und raste los, als wolle er die Tour de France gewinnen. Trotzdem drehte er sich an der Ampel noch einmal um und winkte mir zu.

Als ich zur U-Bahn ging, musste ich mich zusammennehmen, um nicht zu hüpfen oder laut zu singen.

Ich betrat die Wohnung und sah Emma und Alex in der Küche sitzen. Emma mit diesen riesigen, dunklen Augen, die nie etwas Gutes bedeuteten, Alex weiß wie ein Bettlaken. Die Wohnzimmertür war fest geschlossen. Sofort breitete sich ein ungutes Gefühl in meinem Magen aus. Trotzdem fragte ich betont gut gelaunt: »Na, ihr kleinen Monster, was habt ihr angestellt?«

Zu meinem Entsetzen brach Alex in Tränen aus. Ich stürzte zu ihm, streichelte seine Wange und flüsterte: »Was ist denn los, Großer?«

»Jessie, ich … Ich wollte nicht … Ich hab doch nicht gewusst … Du musst Mam und Paps sagen, dass ich das nicht gewusst habe. Ich wollte doch nur Musik für meinen iPod runterladen.«

Ich verstand kein Wort. »Was hast du denn gemacht?«

Alex schluchzte so heftig, dass er nicht antworten konnte.

Und dann hörte ich es. Ein Heulen, das mir in die Knochen fuhr.

»Was ist das?«, hauchte ich.

»Papa«, flüsterte Emma. »Papa weint.«

Ohne zu klopfen stürmte ich ins Wohnzimmer. Mein Vater saß auf der Couch, den Kopf in den Händen vergraben, und gab diese grässlichen Töne von sich. Sie schienen ganz tief aus seiner Brust zu kommen und ihn fast zu zerreißen.

»Papa ...«

»Jessica! Was machst du hier? Geh und kümmere dich um deine Geschwister.« Meine Mutter sah aus wie damals, als sie erfahren hatte, dass Omi – ihre Mutter – gestorben war.

»Nein. Das tue ich nicht«, sagte ich. »Ich will wissen, was passiert ist.«

Mein Vater sah kurz auf. Die Haare standen ihm wirr vom Kopf, seine Augen waren rot unterlaufen. Meine Mutter deutete wortlos auf einige Papiere, die auf dem Couchtisch lagen.

»Was ist das?« Ich griff nach den Briefen, doch
mein Vater kam mir zuvor. »Alex hat uns ru-
iniert«, sagte er. »Endgültig.« Und dann kam wieder dieses entsetzliche Geräusch aus seiner
Brust.

»Wie ...?« Ich sah meine Mutter flehentlich an.

»Alex hat illegal Musik aus dem Internet he-
runtergeladen«, sagte sie. »Viel Musik. Und irgendwie ist das herausgekommen. Weil er ein
›Ersttäter‹ ist, würde die Staatsanwaltschaft das
Verfahren einstellen. Aber gleichzeitig hat uns
ein Anwalt geschrieben, der für die Phonoindus-
trie arbeitet. Wenn wir nicht eine Unterlassungs-
erklärung abgeben und 3.500 Euro bezahlen,
dann wollen sie klagen – auf 10.000 Euro pro he-
runtergeladenen Song.«

»Aber das kann doch nicht ... Alex ist doch
noch ein Kind! Die dürfen doch nicht einfach ...!«

»Doch. Dürfen sie. Aber natürlich haben wir
keine 3.500 Euro«, sagte meine Mutter mit selt-
sam unbeteiligter Stimme. »Wir haben das Zehn-
fache – ach was – das Zwanzigfache an Schulden ...«

»Und Oma und Opa?«

»Die können uns nicht helfen. Die haben uns
ihre letzten Ersparnisse für die Anzahlung des

Leasingvertrags gegeben.« Mama verstummte und starrte aus dem Fenster. Gerade verschwand die Sonne wie ein orangeroter Ball hinter der nächsten Häuserreihe.

»Jetzt ist alles aus«, sagte Papa auf einmal ganz ruhig. »Jetzt können wir alle ins Wasser gehen.«

21

In dieser Nacht schlief ich schlecht. Immer wieder fuhr ich aus wirren Träumen auf, wälzte mich von einer Seite auf die andere, döste erneut ein. Irgendwann gegen Morgen musste ich aber doch richtig eingeschlafen sein, denn als ich wach wurde, waren meine Eltern bereits zur Arbeit gegangen.

Ich konnte es nicht fassen. Da brach unsere Welt zusammen und die beiden machten weiter wie bisher. Oder war diese ganze Geschichte mit Alex' illegalen Downloads auch nur ein schlechter Traum gewesen? Im Wohnzimmer deutete jedenfalls nichts mehr auf die Katastrophe hin. Es war ordentlich aufgeräumt, nirgends eine Spur von den Briefen.

Im Schlafzimmer meiner Eltern waren die Betten gemacht, in der Küche standen Teller und Becher im Abtropfgitter auf der Spüle und in der Thermoskanne war noch ein Rest Tee für mich.

Ich öffnete vorsichtig die Tür zu Alex' Kammer. Er schlief fest. Einige Haarsträhnen klebten ihm feucht in der Stirn. Wie ein kleiner Junge hatte er einen Daumen in den Mund geschoben. Am liebsten hätte ich ihn geküsst, doch weil er das seit einiger Zeit überhaupt nicht mehr mochte, strich ich ihm nur die Haare aus dem Gesicht und ging wieder hinüber in unser Zimmer. Emma schlief ebenfalls noch, auch sie mit dem Daumen im Mund. Bei ihr musste ich mich nicht zurückhalten. Ich drückte ihr einen Kuss auf die Stirn. Mit einem leisen Grunzen drehte Emma sich auf die andere Seite.

Ich zog mich schnell an, goss mir in der Küche den lauwarmen Tee ein und machte mir ein Käsebrot, doch mein Magen streikte. Also trank ich nur den Tee und starrte aus dem Fenster.

Ein Gedanke spukte in meinem Kopf herum, aber ich bekam ihn einfach nicht zu fassen. Ich stand auf, ging noch einmal ins Wohnzimmer – und sah diesmal sofort, was ich vorhin unbewusst wahrgenommen haben musste: Der Musterkoffer meines Vaters stand hinter der Tür, dort, wo er ihn jeden Abend abstellte. Also war Papa heute nicht zur Arbeit gegangen.

»Jetzt können wir alle ins Wasser gehen«, dröhnte seine Stimme in meinem Kopf und mir wurde schlecht. Ich rannte ins Bad, würgte den Tee wieder aus, spülte mir den Mund, sah in den Spiegel. Sah zwei Augen, die so groß und dunkel und entsetzt waren wie die von Emma.

Würde mein Vater so etwas tun? Uns alle einfach im Stich lassen? »Manchmal glaube ich, ihr wärt ohne mich viel besser dran«, hatte er irgendwann gesagt, aber er konnte doch nicht …

Ich rannte zum Telefon und wählte die Nummer meiner Großeltern.

»Ist Papa bei euch?«, platzte ich heraus, sobald Oma sich meldete.

»Nein, Kind. Wie kommst du denn darauf?«

»Ach, vergiss es, Oma. – War nur so eine Idee.« Ich legte auf und kaute an meinen Fingernägeln. Sicher würde Oma jetzt stundenlang über meine Frage grübeln und sich richtig Sorgen machen. Und das, wo sie sich nicht aufregen sollte. Ich musste noch einmal anrufen und sie irgendwie beruhigen.

Ich streckte die Hand nach dem Telefon aus und genau in diesem Moment begann es zu klingeln. Ich zuckte zusammen. Wieder ertönte der schrille Ton, ging mir durch und durch. Ich nahm ab. »Du musst dir keine Sorgen machen, Oma«, sagte ich. »Es ist nichts.«

»Jessie? Hier ist Lisa-Marie.«

»Lisa …?«

»Äh … Ich war mir nicht sicher, ob ich anrufen soll. Eigentlich bin ich ja immer noch sauer auf dich … Aber ich glaube, du musst das wissen …«

»Was muss ich wissen?« Meine Stimme zitterte. Nicht nur meine Stimme. Auch die Hand, die das Telefon hielt.

»Dein Vater … Also ich weiß nicht … Wahrscheinlich ist es ja nichts, aber …«

»Was ist mit meinem Vater?«

»Ich habe ihn eben hier durch die Straße gehen sehen. Und Jessie, ich weiß nicht, wie ich es sagen soll, aber er sah total komisch aus. Ganz weggetreten. Er hat mir richtig Angst gemacht …«

»Weißt du, wohin er …?«

»Keine Ahnung. – Meine Mutter ruft. Ich glaube, ich muss Schluss machen, Jessie. Ich wollte nur, dass du Bescheid weißt.« Es knackte in der Leitung.

Ich stand da und zitterte von Kopf bis Fuß. Ich wusste plötzlich, wohin mein Vater gegangen war.

»Bitte lass niemanden kontrollieren. Bitte lass niemanden kontrollieren. Bitte …« Es war die einzige Möglichkeit. Ich musste schwarzfahren.

180

Mitsamt meinem Fahrrad. Doch wenn jetzt ein Kontrolleur kam, war alles zu spät.

Ich hatte Glück. Wenigstens in diesem Moment hatte ich Glück. Ich erreichte die Haltestelle, ohne kontrolliert zu werden, schob mein Fahrrad aus dem Waggon und den Bahnsteig entlang. Es war früher Vormittag, aber heiß wie im Hochsommer.

Schon als ich quer durch die Stadt zum Hauptbahnhof gerast war, rann mir der Schweiß in Strömen übers Gesicht. Jetzt, nach der Fahrt in der aufgeheizten S-Bahn, fühlte ich mich wie aus dem Wasser gezogen. Außerdem war mir inzwischen schlecht vor Hunger. Trotzdem stieg ich am Ende des Bahnsteigs auf mein Rad und fuhr los. Ohne nach rechts oder links zu sehen, radelte ich unsere alte Straße entlang. Dort, wo sie zur Hauptstraße abbog, führten zwei Wege in den Wald.

Ich zögerte nicht einen Moment, wusste genau, welchen ich nehmen musste. Schon nach wenigen hundert Metern wurde der Weg schmaler und steiler, führte bald nur noch als Pfad bergauf.

Hier hatte mein Vater mir beigebracht, wie und wann man schaltete, wie ich mit Wurzeln und spitzen Steinen fertig werden konnte, wie

181

ich meine Kraft einteilen sollte. Unzählige Male waren wir diesen Weg zusammen gefahren, doch noch nie hatte ich mich dabei so verausgabt. Ich bekam kaum genug Luft, keuchte und schwitzte. Ich sah fast nichts mehr, weil mir der Schweiß ständig in die Augen lief und ich nicht wagte, den Lenker loszulassen, um mir über die Stirn zu wischen.

Pause machen durfte ich nicht. Wenn ich einmal abstieg, würde ich nicht mehr weiterfahren können, das war mir klar. Und ich musste weiter. Musste bis ganz nach oben. Dorthin, wo der Aussichtsturm stand. Dorthin, wo wir früher Rast gemacht und uns für die schwere Abfahrt gestärkt hatten.

Von dort oben sah man das ganze Umland. Unmengen von Wald, Dörfer, Felder und Wiesen, unsere kleine Stadt und bei gutem Wetter, ganz in der Ferne, den Fernsehturm der großen.

Eine breite Wurzel schlängelte sich über den Weg. Ich sah sie zu spät, fiel beinahe, konnte mich gerade noch auf dem Rad halten. Ich schluchzte laut auf. Und dann fing ich an, wie in der S-Bahn eine Art Mantra aufzusagen. »Lass mich nicht zu spät kommen. Lass mich nicht zu spät kommen. Lass mich nicht ...« keuchte ich und meine Beine fanden wieder einen Rhythmus, trugen mich Meter für Meter weiter nach oben.

Als ich schon fast nicht mehr daran glaubte, lichtete sich der Wald, der Pfad wurde breiter, wurde ein richtiger Weg, vereinigte sich mit der Schotterstraße, die von der anderen Seite den Berg heraufkam, führte leicht befahrbar die letzten Meter zum Gipfel.

Der Turm ragte vor mir auf, einsam und düster und drohend und ich wusste plötzlich, dass ich mich geirrt hatte. Mein Vater war nicht hier . Er hatte niemals die Absicht gehabt, sich von diesem Turm zu stürzen. Wie hatte ich nur so etwas glauben können? Papa würde uns nicht im Stich lassen.

Ich war allein hier oben. Ganz allein.

Keuchend fiel ich vom Rad, landete auf allen vieren, würgte. Ich hatte keine Kraft mehr. Nicht den kleinsten Rest. Ich würde nie mehr aufsteigen und diesen Weg wieder hinunterfahren können.

Und dann hörte ich plötzlich Schritte auf dem Schotter und jemand sagte: »Jessica, was machst du denn hier?«

22

Der Regen trommelte an die Scheiben, als wolle
er nie wieder aufhören. Ich starrte zur Zimmerdecke hinauf und zählte die Risse im Putz. »Da«,
sagte ich und deutete nach oben, »da ist Amerika.«

»Mh.«

»Meinst du, wir kommen da irgendwann mal
hin?«

»Nach Amerika? – Was willst du denn da?
Norwegen ist viel interessanter. Gute Jobs, gute
Arbeitszeiten, gutes Geld.«

»Musst du immer ans Geld und Arbeiten denken?«

»Woran denn sonst?«

»Zum Beispiel daran, was wir mit diesen end-
los langen Sommerferien anfangen sollen.«

Flo setzte sich auf und starrte zum Fenster, an
dem das Wasser in breiten Bächen hinunterlief.
»Ob das sechs Wochen so weitergeht?«, fragte er.

»Mir egal«, sagte ich. »Ich hab sowieso kein Geld fürs Freibad.«

»Dann werden wir wohl die ganzen Ferien auf dieser Matratze rumgammeln müssen, oder?« Flo grinste mich vorsichtig an.

»Und wer passt auf Bastian auf?«

»Den sperren wir ein. – Aber was wird aus Emma?«

»Die ist inzwischen dick mit Mia befreundet. Die braucht mich nicht mehr. – Ich bleibe auf dieser Matratze.«

»Schön, dass du wieder lachen kannst«, sagte Flo. »Ich hab mir echt Sorgen um dich gemacht.«

»Ich mir auch«, sagte ich. »Nicht um mich, aber um meinen Vater.«

Nachdem er mich damals vom Aussichtsturm zurück zur Straße geschleppt hatte, war ich wochenlang die Sorge nicht losgeworden, dass er sich doch noch etwas antun könnte.

»Und jetzt?«

»Seit meine Eltern diesen Termin bei der Schuldnerberatung hatten, geht es ihm besser. Er hat seine Stelle bei der Staubsaugerfirma gekündigt, weil ihm der Schuldenberater vorgerechnet hat, dass die Unkosten viel höher sind als die Einnahmen. Jetzt geht meine Mutter arbeiten und mein Vater bleibt zu Hause.«

»Dein Vater wird Hausmann? Das finde ich prima.«

»Er nicht, glaube ich. Nicht wirklich. Aber er sieht natürlich ein, dass es im Moment nicht anders geht. Und außerdem braucht meine Oma Hilfe. Mit meinem Opa wird es immer schwieriger und mein Vater ist der Einzige, auf den er hört.«

Ich setzte mich ebenfalls auf, legte mir aber Flos Decke um die Schultern. Der Wechsel von Sommerhitze zu diesen herbstlichen Temperaturen war so überraschend gekommen, dass ich ständig fror, selbst wenn ich zwei Sweatshirts übereinander anzog.

»Dein Vater wird also Hausmann und Altenpfleger, obwohl er keine Lust dazu hat. Warum geht es ihm dann besser?«

»Dieser Schuldenberater hat meinen Eltern irgendwie total Mut gemacht. Es ist wohl so, dass wir schon längst unter dem Existenzminimum gelebt haben. Meine Eltern könnten gar nicht mehr gepfändet werden, selbst wenn sie keine Raten mehr zurückzahlen würden. So habe ich das jedenfalls verstanden. Und sie wollen jetzt versuchen, mit ihren – sind das Gläubiger? – einen Vergleich zu schließen. Wenn das nicht funktioniert, müssen sie Insolvenz anmelden.«

»Ich dachte, das ist was für Firmen?« Flo kroch zu mir unter die Decke und ich lehnte mich an ihn. Sein Kinn lag auf meiner Schulter, seine Locken kitzelten mich am Hals.

»So richtig verstanden habe ich das alles nicht«, gab ich zu. »Obwohl sie versucht haben, es mir zu erklären. Es muss wohl so sein, dass auch ganz normale Leute Insolvenz anmelden können. Sie müssen sich dann sechs Jahre lang ›wohlverhalten‹. Darüber hat mein Vater sich total aufgeregt. Er hat richtig getobt. Hat rumgeschrien, dass er doch kein kleines Kind sei, das man so behandeln könnte. Erst als meine Mutter ihn daran erinnert hat, dass sie nach diesen sechs Jahren keine Schulden mehr haben, hat er sich wieder beruhigt.«

»Klingt doch gut. – Aber jetzt wissen wir immer noch nicht, was wir mit den Ferien anfangen sollen.« Flos warmer Atem streifte meinen Nacken. »Rad fahren fällt flach, wenn es so weiterregnet. Kino geht nicht. Eisdiele geht nicht. Nicht mal McDonalds ist drin für so arme Kinder wie uns.«

Ich sah wieder zur Zimmerdecke hinauf. »Von Amerika zu träumen, kostet nichts«, sagte ich.

»Stimmt. Und von Norwegen auch nicht.«

»Wir könnten mit dem Finger auf der Landkarte verreisen«, schlug ich vor. »Oder am Bahnhof Fahrpläne lesen.«

»Dann lieber Bücher in der Bibliothek.«

»Aber war da nicht noch irgendwas?« Ich drehte mich um und sah Flo an. Seine Pupillen waren riesengroß und sein Mund ganz nah.

»Ja«, sagte er. »Irgendwas war da noch.«

Biernath, Christine:
Leben auf Sparflamme
ISBN 978 3 522 30147 3

Einbandgestaltung- und typografie: Niklas Schütte
unter Verwendung eines Fotos von
Istockphoto.com / © Stockphoto4u und
Pixelio.de / © Bardewyk.com
Innentypografie: Kadja Gericke
Satz: KCS GmbH, Buchholz / Hamburg
Schrift: Palatino und Miasm-Infection
Druck und Bindung: Friedrich Pustet, Regensburg
© 2008 by Gabriel Verlag
(Thienemann Verlag GmbH), Stuttgart / Wien
Printed in Germany. Alle Rechte vorbehalten.

5 4 3 2 1° 08 09 10 11

www.gabriel-verlag.de

Eine deutsch-türkische Liebesgeschichte

Christine Biernath
Laura & Tayfun
ab 12 Jahren · 192 Seiten · ISBN 978 3 522 30118 3

Warum hat ihr Gülay nie erzählt, dass sie einen so gut aussehenden Cousin hat! Laura ist hingerissen von Tayfun mit seinen dunklen Augen, dem sehnsüchtigen Blick. Alle Warnungen ihrer Freundin Gülay, Tayfun sei sehr traditionell, schlägt sie in den Wind. Laura schwebt im siebten Himmel, genießt ihre Beziehung zu Tayfun. Doch dann stellt sie fest, dass Gülay doch nicht so unrecht hatte. Hat ihre Beziehung eine Chance?

gabriel

Ein Vater – zwei Gesichter

Christine Biernath
Keinen Schlag weiter!
ab 13 Jahren · 192 Seiten
ISBN 978 3 522 30105 3

Sandra hat den coolsten Vater überhaupt. Niemand versteht sie so gut wie er und vor allem ist er meistens total locker drauf. Ganz anders ihre Mutter. Ein Wunder eigentlich, dass ihr Vater es aushält mit einer Frau, die nur mäßig kochen kann und sich ständig im Haushalt verletzt. Und warum nur verteidigt ihr Bruder Benny sie immerzu?! Doch dann stellt auch Sandra fest, dass ihr Vater noch ein anderes Gesicht hat …